Arndt Krödel

Heidelberg

Der Hauptstraßen-Tango!

Geschichten & Anekdoten

Bildnachweis
Titelbild: ullstein bild – imageBROKER/Norbert Probst
Stadtarchiv Heidelberg (Hartschuh 366 01): S. 6; de: Benutzer:Smalltown Boy (https://commons.wikimedia.org/ wiki/File:Cave_54_heidelberg.jpg), „Cave 54 heidelberg“, https://creativecommons.org/licenses/by-sa/3.0/legalcode: S. 8; privat: S. 10; Maurizio Corbari: S. 13; Rhein-Neckar-Zeitung Archiv: S. 18; Stadtarchiv Heidelberg (BILDA 21 137): S. 20; HDValentin (https:// commons.wikimedia.org/ wiki/ File:Altdeutsche_Weinstube_geschlossen_Heidelberg.jpg), „Altdeutsche Weinstube geschlossen Heidelberg“, https://creativecommons.org/licenses/by-sa/2.0/legalcode: S. 24; Radosław Drożdżewski (Zwiadowca21) (https://commons.wikimedia.org/wiki/ File:Heidelberg_-_Gefängnis.JPG), https://creativecommons.org/licenses/by-sa/4.0/ legalcode: S. 27; Karin Weinmann-Abel: S. 30; Dieter Berberich: S. 35; Harald Kucharek (https://commons.wikimedia.org/wiki/File:Fussweg_am_rechten_Neckarufer_-_geo.hlipp.de_-_19418.jpg), „Fussweg am rechten Neckarufer - geo.hlipp.de - 19418“, https://creativecommons.org/licenses/by-sa/2.0/legalcode: S. 37; Unim0g KS (https://commons.wikimedia.org/wiki/File:Siebenschläfer_im_Fudatal_bei_Kassel_-Germany_2019.jpg), https://creativecommons.org/licenses/by-sa/4.0/legalcode: S. 40; Dieter Berberich: S. 42; privat, mit frdl. Genehmigung: S. 45; ullstein bild - imageBROKER/Michael Zegers: S. 49; Dagmar Welker: S. 54;Renardo la vulpo (https:// commons.wikimedia.org/ wiki/ File:München,_Ostbahnhof,_DB-Information,_1.jpeg), https:// creativecommons.org/ licenses/by-sa/4.0/legalcode: S. 56; privat: S. 59, 61; Archiv Stadtteilverein Kirchheim (Schmitt): S. 67; Anneyh (https:// commons.wikimedia.org/ wiki/File:Heidelberg_Carolinum.jpg), „Heidelberg Carolinum“, https://creativecommons.org/licenses/by-sa/3.0/legalcode: S. 70; https://commons.wikimedia.org/wiki/File:Chirurgische_Klinik_Haupteingang.JPG: S. 73; Bürger für Heidelberg: S. 76

Danksagung
Für Quellengespräche, Anregungen und Unterstützung in vielfältiger Weise bedankt sich der Autor bei Jürgen Frauenfeld, Dieter Berberich, Maurizio Corbari, Fritz Quoos, Kornelia Roth, Karin Weinmann-Abel, Beate Weber-Schuerholz, Dieter Nuzinger, Heide-Marie-Lauterer, Gerhild Michel, Steffen Schmid, Johannes Markus, Rudi Lerche, Peter Wiest, Lisa Wieser, Lutz Mano Leistner sowie den Mitarbeiterinnen und Mitarbeitern des Stadtarchivs Heidelberg. Ein weiterer Dank gilt der Lektorin Dr. Helga Zöttlein für die konstruktive Zusammenarbeit.

1. Auflage 2024

Layout: Da Forma Agentur für Gestaltung, Gudensberg
Satz: Schneider Professionell Design, Schlüchtern-Elm
Druck und buchbinderische Verarbeitung:
Beltz Grafische Betriebe GmbH, Bad Langensalza

34281 Gudensberg-Gleichen, Im Wiesental 1
Tel. 0 56 03 - 9 30 50   www.wartberg-verlag.de
ISBN 978-3-8313-3620-3

Inhalt

Vorwort

Liebe Leserinnen und Leser,

Sie glauben, Heidelberg zu kennen? Nach der Lektüre dieses Buches sehen Sie das vielleicht anders. Mit einigen der erzählten Geschichten werden Sie die Stadt neu kennenlernen, bei anderen etwas wiedererkennen, an das Sie lange nicht mehr gedacht haben. Menschen und Dinge geraten schnell in Vergessenheit, wenn die Zeit mit ihrem rasanten Rhythmus und der täglich aufs Neue produzierten Informationsflut darüber hinweg zieht. Es lohnt sich aber, Ereignisse und Erlebnisse festzuhalten, die uns auch Jahrzehnte später etwas zu sagen haben – weil sie so einzigartig, so unverwechselbar sind. Oder so komisch und merkwürdig, dass man gar nicht anders kann, als darüber zu lachen.
Viele besondere Orte der Stadt spiegeln sich in den Geschichten und Anekdoten dieses Buchs wider, Orte, die es zum Teil gar nicht mehr gibt, die aber jede Menge zu erzählen haben. So wie das italienische Eiscafé oder die legendäre Club-Bar. Beeindruckende Persönlichkeiten treten auf und werden mit ihren skurrilen Eigenarten skizziert, sei es der Verkehrspolizist auf der Kanzel oder der Zeitungsmann in der Redaktionsstube. Auf der Hauptstraße, so zeigt sich, tanzt man nicht mehr den Tango. Und so manche Tiere, vom Kamel bis zum Huhn, tummeln sich auf den folgenden Seiten. Der Blick richtet sich aber auch auf Ereignisse, die einen Schatten auf die Stadt warfen. So fügen sich in ihrem Ton ganz unterschiedliche Geschichten zusammen zu einem spannenden Streifzug durch die Jahrzehnte, zu dem ich Sie herzlich einlade!

Arndt Krödel

Vom Eiscafé in den Jazzkeller

Das Eiscafé Livio war in den 50er- und 60er-Jahren unter jungen Leuten in Heidelberg ein „angesagtes“ Lokal und wurde anderen Hauptstraßen-Kaffeehäusern wie dem „Cafasö“ (ein leicht exotisch klingendes Akronym der Betreibernamen Carl Faß und Söhne) oder dem Café Schafheutle klar vorgezogen, weil diese für den jugendlichen Geschmack zu bieder waren.

Das seit den 40er-Jahren bestehende Eiscafé von Livio Remor gegenüber der Heiliggeistkirche hingegen hatte eben diese italienische Leichtigkeit, die sich in der Innenausstattung und seiner Eis- und Getränkekarte mit erschwinglichen Preisen ausdrückte. Das Café weckte wohl so manche Sehnsucht nach südländischem Lebensstil. Ein paar Tische, die im Sommer draußen auf dem Bürgersteig aufgestellt wurden, steigerten dieses Flair, sofern man das Glück hatte, einen Platz zu ergattern. Außerdem lag das Livio „strategisch günstig“, wie Jürgen Frauenfeld, damals ein Teenager und einer der Stammgäste, sich erinnert. Hatte man die Heidelberger Flaniermeile Hauptstraße nach dem Motto „Sehen und Gesehen-Werden“ abgelaufen, traf man kurz vor dem Marktplatz auf der rechten Seite unweigerlich auf die Eisdiele. Und dort ebenso sicher auf Bekannte, mit denen man sich ausgiebig über alles Mögliche unterhalten konnte, vorzugsweise über die drei „M“: Mode, Mädchen und Musik. Die Zeitschrift BRAVO fungierte in dieser Welt als Trendsetter. Eine Welt, in der mit dem Rock ’n’ Roll etwas Befreiendes auftauchte, ein ganz neues Lebensgefühl. Die Levi’s-Bluejeans wurden so eng wie möglich getragen, wofür man sich vorher in die Badewanne setzte.

Auch einige wenige Promis verkehrten im Livio, etwa der Schauspieler und Mädchenschwarm Thomas Fritsch, der 1964 am

Heidelberger Stadttheater sein Bühnendebüt gab. Weil er anders war als die anderen, sprach man über ihn. Seine Liebe zu Männern war natürlich in damaligen Zeiten ein Tabu.
Gäste wie Jürgen Frauenfeld – in seinem späteren Leben ein erfolgreicher Architekt und Stadtplaner –, die nur über einen knappen Taschengeldetat verfügten, bestellten bei ihren Besuchen im Livio meist einen Erdbeerschlot. Das war ein mit Sahne verquirltes Erdbeereis (als Variante mit Schokolade), serviert in einem hohen Glas, das sich, immer wieder neu aufgerührt, hervorragend zum längeren Verbleib im Lokal eignete. Es gab eine Handvoll anderer Teenager, die solche Genügsamkeit nicht nötig hatten, weil sie aus reichen Elternhäusern stammten und ein verwöhntes Leben führten.

Beliebter Treffpunkt der Jugendlichen in den 50er- und 60er-Jahren war das Eiscafé Livio in der Hauptstr. 184.

Wer dann mit 18 oder zum Abitur von Mama und Papa einen Austin Healey oder Porsche geschenkt bekam, parkte diesen natürlich direkt gegenüber der Eisdiele vor der Kirche – wie gesagt, strategisch günstige Lage. Und weil so ein schicker Schlitten gehörig bewegt sein will, lieferten sich die jungen Angeber manchmal wilde Autorennen, wie sie das wohl in Filmen mit James Dean à la „... denn sie wissen nicht, was sie tun" gesehen hatten. Dazu machten Gerüchte von exzessiven Partys mit Kokain und schwarzen Musikern aus dem „Cave 54" die Runde. Der Jazzkeller Cave, 1954 als „Verein zur Förderung und Pflege studentischer Geselligkeit" gegründet, befand sich in der Krämergasse direkt im Nachbarhaus des Livio, sozusagen Tür an Tür, denn der Hinterausgang des Eiscafés führte auf die gleiche schmale Seitengasse der Hauptstraße. Für Schüler, die gelegentlich die Schule schwänzten und den Vormittag lieber im Livio verbrachten, diente der Ausgang übrigens als Fluchtweg, wenn mal ein Lehrer aus einem der Altstadtgymnasien gesichtet wurde.

Im Cave wurde Jürgen Frauenfeld schon bald Stammgast. Eigentlich durfte er mit seinen 15 Jahren gar nicht in den Club eingelassen werden. Aber da er älter aussah, passierte er die Gesichtskontrolle ohne Probleme und gelangte über die schmale Stahlspindeltreppe vom kleinen Eingangsraum hinunter in den alten Gewölbekeller, in dem früher mal Kohlen gebunkert worden waren.

Dort empfing ihn eine romantische, rauchgeschwängerte Atmosphäre. Auf den kleinen Tischen brannten Kerzen, die auf charakteristischen schottischen Whisky-Flaschen steckten und diese mit herunterperlendem Wachs bedeckten. Am hinteren Ende befand sich die kleine Bühne, wo die Tanzenden keine Mühe hatten, einander näherzukommen. Regelmäßig kamen Weltstars des Jazz zu einer Jamsession zusammen, nachdem sie in den Heidelberger Kasernen der US-Armee im Rahmen der Truppenbetreuung ihre Auftritte gehabt hatten. Ob Louis Armstrong oder Ella Fitzgerald, Oscar Peterson oder Miles Davis – sie alle waren hautnah zu erleben und brachten internationalen Glanz in die Heidelberger Altstadt.

Die legendären Jazzkonzerte im Cave 54 brachten Glanz in die Heidelberger Altstadt.

Einen ganz tiefen Eindruck hinterließ bei dem Teenager der Jazzpianist Dave Brubeck, berühmt geworden durch das Stück „Take Five", das sein langjähriger musikalischer Partner Paul Desmond im Fünfvierteltakt geschrieben hatte. Brubeck kam mehrmals nach Heidelberg. In seinem Quartett spielte der Afroamerikaner Eugene Wright als Bassist mit, was in den USA wegen rassistischer Einstellungen von Clubbesitzern manchmal zu Problemen bei Auftritten führte. Aber Brubeck hielt an ihm fest und konnte auch im Cave darauf vertrauen, dass man seine Sicht teilte. Die Musik des renommierten Quartetts passte, wie Jürgen Frauenfeld sich erinnert, bestens zu den akustischen Bedingungen des Kellerlokals. In keinem anderen Lokal in Heidelberg verbrachte der junge Mann wohl damals mehr Abende und Nächte.

Zwei Häuser weiter wohnte übrigens drei Jahrzehnte vor der Gründung des Cave ein junger Mann, der ein berühmter Schriftsteller werden sollte: Im Frühjahr 1919/1920 hatte Carl Zuckmayer in der Krämergasse 6 seine Studentenbude.

Der Mann auf dem Turm

Sie waren Dirigenten, denen man unbedingt gehorchen musste, andernfalls verstieß man gegen die Straßenverkehrsordnung. Von ihrem Standort, Verkehrstürmen oder -kanzeln inmitten belebter Straßenkreuzungen regelten Polizeibeamte den Verkehr durch Handzeichen, die Vorrang vor Ampeln, Schildern und der Rechts-vor-links-Vorschrift hatten. Auf dem Bismarckplatz stan-

Ein Dirigent auf der Kanzel regelte bis in die 70er-Jahre den Verkehr am Bismarckplatz.

den etwa ab Mitte der 1950er-Jahre zwei solcher Türme: der eine an der Ausfahrt der Hauptstraße, auf der damals normaler Autoverkehr herrschte, in die Sofienstraße, der andere quasi gegenüber an der Einmündung der Bergheimer Straße in die Rohrbacher Straße.

Polizeiobermeister Otto Geier, der seinen luftigen, allerdings inmitten der Auspuffwolken der Autos eher ungesunden Dienst an der Hauptstraße versah, war der bekannteste Mann auf dem Turm. Der waschechte Heidelberger lenkte den Verkehr fast schauspielerisch und ließ seinem Temperament freien Lauf, wenn die Dinge mal nicht so liefen wie von ihm vorgegeben. Da konnte es passieren, dass er von seinem offenen Podest herab, das ein kleines, rundes Dach als Wetterschutz hatte, Autofahrer beschimpfte und ordentlich zusammenstauchte, die offenbar nicht den alten Fahrschul-Merksatz für polizeiliche Anweisungen auf einer Kreuzung kannten: „Siehst du Brust oder Rücken, musst du auf die Bremse drücken/ Siehst du die Hosennaht, hast du freie Fahrt." Solche Szenen trugen natürlich zur Belustigung der in der Nähe stehenden Passanten bei.

Geier stieg sogar ab und an die kleine Leiter von seinem Turm herunter, um einer alten Dame, die die Sofienstraße überqueren wollte, sein polizeiliches Geleit zu geben – ganz Freund und Helfer. Die Heidelberger mochten „ihren Geier" und bedachten ihn als Zeichen ihrer Dankbarkeit zur Vorweihnachtszeit mit Geschenken, die sie am unteren Teil seines Arbeitsplatzes, dem „Elefantenfuß", ablegten. Autos hielten extra an, was der Beamte sicherlich nicht als Verstoß ahndete. 23 Jahre lang stand Otto Geier seinen Mann bzw. Polizisten auf dem Turm. Mit der Umgestaltung der Hauptstraße zur Fußgängerzone ab 1976 sowie des Bismarckplatzes ab 1985 verloren die Polizeikanzeln ihre Daseinsberechtigung.

Als Italien nach Heidelberg kam

Das Sehnsuchtsland der Deutschen war schon immer Italien. Wenn es gilt, unsere Breiten zu verlassen und eine Auszeit zu nehmen, weg von den geordneten Verhältnissen und kümmerlichen Wetterlagen Germaniens, zeigt der Kompass klar nach Süden. Schnell über die Alpen in das Land, wo die Zitronen blühen, und man taucht ein in die Herrlichkeiten Venedigs, Roms und Neapels und all das, was sonst noch so entzückt an diesem mediterranen Stiefel. Goethe machte es einst vor, nur hat unsereins nicht so viel Zeit wie der Geheimrat, dessen „Italienische Reise“ immerhin gut anderthalb Jahre, von September 1786 bis Mai 1788, währte.
Nach dem Ende des Zweiten Weltkriegs strömten die Deutschen in den 1950er-Jahren in Scharen in das „Bel paese“. Der Massentourismus begann. Wer sich die Reise nicht leisten konnte, musste mit einem innerdeutschen Urlaubsziel vorliebnehmen und bekam vorerst nichts mit von der in jeder Hinsicht reichen Kultur des südlichen Landes. Außer er hatte das Glück, ein italienisches Restaurant in seiner Nähe zu haben, was es in Deutschland zu jener Zeit allerdings nur sehr vereinzelt gab. Für Heidelberg war es daher ein kulinarischer Segen, als im Juli 1957 in Rohrbach die Pizzeria Italia eröffnete. Sie war die erste überhaupt in der Stadt.
Der aus der Stradivari-Stadt Cremona in der Lombardei stammende Giovanni Corbari gründete das Lokal zusammen mit zwei Freunden. Bei einem Heidelberg-Aufenthalt waren sie auf der Suche nach einem Restaurant mit italienischer Küche nicht fündig geworden, es gab nämlich keins. So entstand die Idee, selbst eins zu eröffnen. Die Gelegenheit dazu bot sich in der Karlsruher Straße 82, wo Corbari die Räume eines ehemaligen

Weinlokals pachtete und zum Pionier der italienischen Küche in Heidelberg wurde: Spaghetti statt Spätzle, Ravioli statt Maultaschen, Lasagne statt Auflauf. Und natürlich Pizza. Für viele etwas vollkommen Neues.

Die Gäste kamen aus der Stadt und dem Umland und waren in der Anfangszeit vor allem Amerikaner, die damals durch die US-Truppenpräsenz zahlreich in Heidelberg vertreten waren. In dem nicht allzu großen Lokal standen etwa 20 Tische, dekoriert mit rot-weiß karierten Decken. Für die Anschaffung der Registrierkasse, mit der alles abgerechnet wurde, musste Giovanni Corbari tief in die Tasche greifen. Sie war teurer als ein VW Käfer, erinnert sich sein Sohn Maurizio, der das Lokal später übernahm, wo er bereits seit 1982 Küchenchef war.

Um Ideen war der italienische Wirt nie verlegen. Im Gewölbekeller stellte er eine Jukebox auf, die nach dem Einwurf von Münzen den jeweiligen Lieblingsschlager spielte, per aufgelegter

Giovanni Corbari eröffnete 1957 die erste Pizzeria in Heidelberg. Hier mit seiner Frau Luisa und den Söhnen Maurizio (rechts), der das Lokal später übernehmen sollte, und Massimo. Das Foto wurde um 1964/65 aufgenommen.

Schallplatte – in unseren digitalisierten Zeiten eine merkwürdige Vorstellung. Zwei bis drei Jahre gab es somit eine kleine Diskothek unter dem Gastraum. Und bereits 1958, ein Jahr nach der Eröffnung der Pizzeria Italia, stand mit der Gründung des ersten Pizzabringdienstes eine weitere Premiere an. Ein kleiner weißer Fiat lieferte im gesamten Stadtgebiet italienische Speisen aus. Allerdings hielt man diesen Service nur etwa zwei Jahre aufrecht.

Da sich das Angebot mit den Jahren mehr und mehr hin zur gehobenen italienischen Küche entwickelte, wechselte man den Namen. Aus der Pizzeria wurde ein „Ristorante Italia". Man versuchte, neue Kunden zu gewinnen, indem die Karte nicht nur aus Pizza, Spaghetti und Lasagne bestand. „Meine Mutter Luisa", erzählt Maurizio Corbari, der das Lokal ab 1995 führte, „hat dann Pasta gemacht, gefüllt etwa mit Spinat, Ricotta oder Steinpilzen." Die muss ein Gedicht gewesen sein.

Der Sohn hatte die Aufgabe, frische Eier von einem Hühnerhof in der ländlichen Umgebung der Stadt zu holen – es durften „nur die" sein. Verraten hat Mamma Luisa ihr Rezept nie. Auch Fisch kam auf die Speisekarte, Seezunge vom Grill, Steinbutt und Seeteufel, oder, als Spezialität, Carpaccio vom „polpo", wie man den Tintenfisch im Italienischen nennt. Mit grünem Spargel importierte das Rohrbacher Restaurant als eines der ersten das „Gemüse der Könige", so wie es in Italien gegessen wird, anders als in Deutschland, wo bis dato nur die Farbe Weiß auf den Tisch kam.

Und da zur Abrundung besonderer Speisen ein guter Tropfen gehört, richtete Maurizio Corbari 1999 mithilfe von 300 aus Italien beschafften Tuffsteinen einen Weinkeller ein, der es in sich hatte. In der Hälfte des Gewölbekellers lagerten mehrere Tausend Flaschen ausschließlich italienischer Herkunft, sei es

aus der Lombardei, der Emilia Romagna, dem Piemont oder der Toscana. Nicht leben wie Gott in Frankreich, sondern in Italien – im Heidelberger Stadtteil Rohrbach war's möglich.
Das genossen hin und wieder sogar prominente Zeitgenossen. Bei Formel-1-Rennen auf dem nicht weit entfernten Hockenheimring zählte das Restaurant die Piloten Jochen Mass, Ivan Capelli und Hans-Joachim Stuck zu seinen Gästen, oft schon nach den Trainingsläufen an den Tagen vor dem großen Finale. Auch SPD-Politiker Franz Müntefering und Tennis-As Boris Becker ließen sich hier italienische Speisen munden.
Nach 62 Jahren war Schluss mit all den Köstlichkeiten: Das „Ristorante Italia" ging Mitte August 2019 in den vorzeitigen Ruhestand. Dass der älteste „Italiener" in Heidelberg dicht machte, dürfte so manch langjähriger Gast mit Wehmut quittiert haben. Ein Stück Italien in Heidelberg, der „nördlichsten Stadt Italiens", wie man hier sagt (und München dabei kess überholt), ging unwiederbringlich verloren.

Begegnung mit Lenin

Einmal im Leben einen Zipfel vom Mantel der Weltgeschichte zu berühren, das ist nur wenigen vergönnt. Emil Belzner, der Schriftsteller und erste Feuilleton-Chef der 1945 in Heidelberg gegründeten Rhein-Neckar-Zeitung (RNZ), gehörte dazu. Zumindest, wenn man seinem Roman „Die Fahrt in die Revolution" vollen Glauben schenkt. In dem 1969 veröffentlichten Werk, seinem vorletzten, schildert er als Ich-Erzähler eine denkwürdige Episode, der man fast atemlos folgt: Als knapp 16-jähriger Gymnasiast verschafft er sich im April 1917 auf dem Bahnhof von Rastatt, wo er als Hilfsdienstfreiwilliger der Eisenbahn arbeitet, mit einem Vierkantschlüssel Zutritt zum Waggon eines Sonderzugs, der auf einem Nebengleis abgestellt worden war. Der Junge ist neugierig, was es mit dem Zug auf sich hat, von dem es heißt, er befördere ehemalige sibirische Sträflinge zurück nach Russland. Als er den Salonwagen betritt, steht er allerdings ganz anderen Passagieren gegenüber, nämlich dem kommunistischen Reolutionär Lenin, dem späteren Begründer der Sowjetunion, umgeben von seinem engsten Kreis.

Die deutsche Reichsregierung hatte den Bolschewiken damals den geheimen Transit durch Deutschland in einem von der Schweiz ins russische St. Petersburg fahrenden Zug ermöglicht, um den Kriegsgegner Russland zu schwächen. Dieser stürzte tatsächlich wenige Monate später in der Oktoberrevolution. Der junge Belzner verlebte abenteuerliche Stunden. Er blieb bis Frankfurt in dem Waggon und führte anspruchsvolle Gespräche mit Lenin, Karl Radek und Inès Armand, Lenins Geliebter. Wieviel davon Dichtung oder Wahrheit ist, bleibt ungeklärt. Klar ist allerdings, dass diese Begegnung im Zug nicht ohne Einfluss auf die spätere Entwicklung des Schriftstellers blieb.

Knapp 30 Jahre später, der Zweite Weltkrieg war gerade beendet, holt Theodor Heuss, einer der Mitbegründer der RNZ und späterer Bundespräsident, Belzner als Feuilleton-Chef nach Heidelberg – eine Position, die er 23 Jahre innehaben sollte. Zuvor hatte er bereits etliche Bücher veröffentlicht, zum Beispiel den viel beachteten zeitkritisch-pazifistischen Roman „Marschieren – nicht träumen" (1931), der der nationalsozialistischen Bücherverbrennung zum Opfer gefallen war. Schon als 23-Jähriger schrieb er das Versepos „Die Hörner des Potiphar". Nicht zuletzt durch die kulturpolitische Akzentuierung in der Arbeit Emil Belzners, der darüber hinaus die Position des stellvertretenden Chefredakteurs bekleidete, genoss die RNZ seinerzeit sogar überregional einen herausragenden Ruf. Festlegen oder einordnen ließ sich der Literat nicht. Wie Kollegen schilderten, umgab den zurückgezogen in seinem Büro Arbeitenden stets eine Aura der Unnahbarkeit. Der Ende der 60er-Jahre in Heidelberg stark in die Öffentlichkeit drängenden Studentenbewegung begegnete er – eine Ausnahme in jener Zeit – mit Sympathie, erntete von dieser aber nicht unbedingt Applaus und wurde sogar als „unsäglicher Feuilletonist" geschmäht. Vielleicht deshalb, weil er im Feuilleton auch problematischen Autoren wie Hans Habe oder Frank Thiess Publikationsmöglichkeiten eröffnete. Andere wiederum verdächtigten ihn „kommunistischer Umtriebe". Belzner war, wie es einer seiner Nachfolger, Volker Oesterreich, beschrieb, ein Einzelgänger, sowohl in der Literaturszene wie auch in der Redaktion. Einer wie er sitzt häufig zwischen allen Stühlen, aber bewahrt dadurch seine Unabhängigkeit.
„Don Emilio", wie er von manchen respektvoll genannt wurde, hatte eine innige Beziehung zu Tieren. Das schlug sich nicht nur literarisch in seinem Katzenbuch „Glück mit Fanny" nieder,

Emil Belzner, Journalist und Schriftsteller, begegnete im Alter von nur 16 Jahren der Weltgeschichte.

sondern auch ganz handfest in seinem Redaktionsalltag. Vom Fenster seines Feuilleton-Büros im ersten Stock eines Hinterhauses in der Neugasse fütterte er gerne Tauben. Die Besitzer der unter dem Fenster auf dem Hof geparkten Autos werden ihn wegen der Hinterlassenschaften der den Frieden und vieles andere symbolisierenden Vögel ein ums andere Mal verwünscht haben. Eine weitere Spezies genoss seine Fürsorge. In einem Bücherschrank soll eine ganze Mäusefamilie gehaust haben, die dort, tief unten, an bewusst weggelegten, weil ungeliebten Rezensionsexemplaren stets ordentlich zu knabbern hatte. Sogar in Urlaubszeiten kümmerte er sich um die possierlichen Nager. Im Haus trug ihm das den Ruf ein: „De Belzner duut Mais züschte“ (Der Belzner tut Mäuse züchten).
Im Februar 1969 musste Emil Belzner seinen Hut nehmen. Eine Ära endete, weil der Feuilletonist eine kritische Bemerkung über die NS-Vergangenheit des damaligen Lokalchefs der RNZ gemacht hatte. Die Begründung der Entlassung kommentierte die Wochenzeitung „Die Zeit“ mit der Feststellung, man habe „einen

Mann mundtot gemacht". Als Schriftsteller ist Belzner, 1949 mit dem gesamtdeutschen Heinrich-Heine-Preis ausgezeichnet, in Vergessenheit geraten. Im August 1979 starb er in Heidelberg. Gut zwei Jahrzehnte später, im Jahr 2002, würdigte eine Ausstellung im hiesigen Palais Boisserée sein literarisches und journalistisches Werk.

Kamel Saladin

Ein Kamel muss her! Das sagten sich im heißen Sommer des Jahres 1950 einige Heidelberger Bürger, die nicht dem reichlich dummen Vorurteil über die mangelnde Intelligenz des Wüstentiers aufsaßen und wenigstens ein Exemplar aus dieser Art im Heidelberger Tiergarten vertreten haben wollten. Es sollte ihn um ein interessantes, eigenwilliges, ja liebenswertes Mitglied bereichern. Schließlich hätten Kamele Gewaltiges beim Überbrücken der Entfernungen zwischen Morgen- und Abendland geleistet, seien nützlich für die Handelsbeziehungen zwischen den Kulturen gewesen und dabei so unglaublich genügsam. Was wäre die Menschheitsentwicklung ohne Kamele, fragten sich deren vehementen Fürsprecher, was die Wüsten dieser Erde ohne deren leistungsfähige Erschließer?
Es gab allerdings einen Haken an dem Vorhaben. Der Tiergarten war arm. Und ein Kamel würde um die 3000 Mark kosten, sehr viel Geld in den kargen Nachkriegsjahren. Was macht man in so einer verzwickten Situation? Man gründet einen Verein. Und so erblickte der Heidelberger Kamelverein e.V. das Licht der Welt, vermutlich eine Körperschaft mit dem jemals exo-

tischsten Vereinszweck der Welt. In der Rhein-Neckar-Zeitung startete Lokalredakteur Fritz Sartorius einen beherzten Aufruf, dem Verein beizutreten.

Die Schwelle war nicht allzu hoch, was das Finanzielle betraf: Männer zahlten einen einmaligen Betrag von einer Mark, Frauen waren mit 75 Pfennigen etwas günstiger dran. Auch Kinder durften Mitglied werden, schließlich waren es gerade die „Sume“, denen man die Liebe zum Tier vermitteln wollte. Sie konnten mit 50 Pfennigen zum Erreichen des edlen Ziels beitragen. Die Quittungen für die Mitgliedschaft wurden jeweils an der Tiergartenkasse ausgehändigt.

Sogar Namen hatte man für die Mitglieder erdacht: Kamelonen (männlich), Kamelien (weiblich) und Kamillen für die Kinder.

Ein imposantes Tier, dieses Kamel Saladin, präsentiert vom Heidelberger Zoowärter Schmitt.

Die Sache nahm Fahrt auf, und bereits im Folgejahr wies der Heidelberger Kamelverein die beträchtliche Zahl von 465 Mitgliedern auf. Spenden trafen ein, etwa von dem Hamburger Zirkusbesitzer Lorenz Hagenbeck, dem man bei seinem Besuch im Heidelberger Tiergarten von der Gründung des Vereins erzählte, worauf er erst mal herzlich lachen musste, wie Sartorius berichtet.
Der Erfolg ließ nicht lange auf sich warten. Am 21. März 1951 traf Kamel Saladin nach anstrengender Bahnfahrt wohlbehalten im Zoo ein, fraß sich erst mal satt und legte sich am frühen Abend in seinem neuen Gehege zu einem ersten ausgiebigen Schlummer nieder. Das an den zwei Höckern erkennbare Trampeltier, wie es zoologisch korrekt heißt – erwachsen bringt es schlappe 480 Kilo auf die Waage –, fand im Nachbargehege mit den (höckerlosen) Lamas gleich Verwandte vor. Fritz Sartorius erlebte das denkwürdige Ereignis nicht mehr. Er starb im Januar 1951. „Jedes Tier des Heidelberger Tiergartens, dessen eifrigster Förderer er war, kennt er und sie kannten ihn“, beschrieb ihn der Pfarrer in seiner Trauerrede.

Streifzug durch die Altstadt

Als Kornelia gegen Ende der 1970er-Jahre zum Studium nach Heidelberg kam, hatte sie einen mehrjährigen Auslandsaufenthalt in Chile hinter sich. In dem südamerikanischen Land war sie zur Schule gegangen, hatte ihr Abi gemacht und die spontane Art der weltläufigen Menschen kennen- und schätzen gelernt. Man ging einfach aufeinander zu und bezog Fremde in ein Gespräch ein, damit sie sich angenommen fühlten. Doch gerade dieses Gefühl wollte sich bei ihr in der Anfangszeit in Heidelberg nicht so recht einstellen. Ihre offene, zugewandte Art schien anderen etwas befremdlich zu sein, so war jedenfalls ihr Eindruck, als sie sich vor dem Gebäude der Alten Universität in die Schlange der Kommilitoninnen und Kommilitonen einreihte, die sich immatrikulieren wollten. Man ließ sie eher außen vor. Es sollte eine ganze Weile dauern, bis sie sich nicht mehr fremd, sondern wirklich als Studentin und dazugehörig fühlte.

So einsam das erste Semester für die Neu-Heidelbergerin auch verlief, was die direkte Kontaktaufnahme mit anderen betraf, sie ließ sich nicht entmutigen und beschloss, die Altstadt zu erkunden und Erfahrungen zu sammeln. Immer wieder streifte sie durch Straßen und Gassen, stets auf der Suche nach außergewöhnlichen Menschen, Gebäuden und Dingen. Sie fand beeindruckende Zeugen der Vergangenheit, die in Heidelberg sichtbarer waren als in anderen deutschen Städten, die im Krieg stark zerstört worden waren, so wie z. B. alte Hinterhöfe, alte Gaststuben und alte Werkstätten. In Letzteren saß sie stundenlang bei erfahrenen Handwerkern, fragte alles Mögliche, hörte zu und lernte ganz praktisch mit ihren eigenen Händen. Handwerk, das war immer wieder ihre Erfahrung, ist eben eine weltumspannende Sprache.

Besonders hatte es ihr ein Schreiner in der Theaterstraße angetan. Der kannte keinerlei Zeitdruck, ließ sich nie aus der Ruhe bringen und war stets bereit für einen Plausch. Seine Werkstatt war angefüllt mit alten und neuen Bohlen, Fenstern und Türen, und es duftete herrlich nach Sägemehl. Er erzählte ihr aus seinem Berufsleben, über kuriose Aufträge und mysteriöse Kunden. Kornelia lernte bei ihm Fertigkeiten, um die sie manch männlicher Zeitgenosse sicherlich beneiden würde. Dass sie später in ihrem Leben einmal bildende Künstlerin werden und die kalligrafische und bildnerische Gestaltung des Goldenen Buches der Stadt Heidelberg übernehmen sollte, konnte sie da noch nicht ahnen.

Aller Studien Anfang ist die Immatrikulation – in den 70er-Jahren noch in der Alten Universität.
Zeichnung: Kornelia Roth.

Wohnzimmer für eine Studentin: die „Altdeutsche Weinstube“ in der Hauptstraße.

Neben diesen sehr speziellen Besuchen – und natürlich dem Lernen an der Uni – schaute sie sich weiter in verschiedenen Lokalitäten in der Altstadt um. Die Alte Schmiede in der Hauptstraße 167, ein paar Häuser weiter der Weinkrüger – zum Wein wurde immer ein Körbchen mit frischem Sauerteigbrot gereicht, somit hatte sich die Studentin auch ein Abendessen gerettet –, das Essighaus in der Plöck und andere Gasthäuser mit erschwinglichen Preisen wurden zu ihren Beobachtungs- und Lernstätten. In der Pizzeria Le Palme gegenüber der Heiliggeistkirche, wo man sogar nachts um zwei oder halb drei etwas zu essen bekam, spürte sie ein wenig südländisch vertraute Nähe. Die Bedienungen hatten den Chic und Charme alter italienischer Kellner und waren stolz auf ihren Beruf. Sie ging tanzen, aber die Erfahrungen mit den Bewegungskünsten der Männer – da hatte sie in Lateinamerika ganz anderes erlebt – und deren häufig übergriffiges Verhalten waren nicht so, dass sie danach unbeschwert nach Hause gehen konnte.
Eines Abends lief sie durch die Hauptstraße in Richtung Karlstor und sah, nachdem sie den Karlsplatz passiert hatte, an einem Gebäude auf der rechten Seite einen Römer – das traditionelle Weinglas – als grün-gelbe Leuchtreklame über einer Eingangs-

tür. Mal reinschauen, dachte sie sich. Kaum hatte sie die alte knarrende Eingangstür aufgestoßen und trat in den Gastraum, hatte es ihr der Ort bereits angetan. Gedämpftes Licht über den Tischen und an den holzvertäfelten Wänden, Jung und Alt gemischt an Tischen, eifrig diskutierend oder leise redend, gegenüber eine große Wanduhr, in die Vertäfelung eingefügt. Eine kleine Theke mit Spüle, davor ein Regal mit Körbchen, kleinen Tüten mit Brezeln, Salzstangen und Nüssen, an der Wand leicht durchgebogene Regalbretter mit unterschiedlichen Gläsern. Was für eine Atmosphäre!

„Setze Sie sisch dooher" (Setzen Sie sich hierhin), meinte eine kleine Frau mit vollem weißem Haar, aber verblüffend jugendlichem Aussehen und nickte freundlich. Es war Frau Witter, Wirtin der „Altdeutschen Weinstube". Sie brachte Wein, kleine Speisen aus der Küche nebenan und wechselte stets ein paar Worte mit den Gästen. Nach diesem Abend sollte Kornelia oft herkommen, für sie, und da war sie nicht die Einzige, wurde es eine Art Zuhause. Viele Jahre später plauderte sie einmal mit Frau Witter – inzwischen war die sicher weit über 80 Jahre alt – über vergangene Zeiten. Es ging um die Lebensverhältnisse in den 50er-Jahren, das Einkaufen auf Märkten, das Treiben auf den Straßen und Hinterhöfen und die Straßenbahn. Die fuhr damals auf einer eingleisigen Strecke zwischen Marktplatz und Karlstor an ihrem Haus in der Hauptstraße vorbei.

Ihr Schwiegervater war Fahrer bei der HSB – so die Abkürzung für die Heidelberger Straßen- und Bergbahn –, dem damaligen kommunalen Nahverkehrsunternehmen. Und was gibt es Praktischeres für einen Straßenbahnfahrer, als wenn ihn die Schiene direkt an seinem Zuhause vorbeiführt? Frau Witter musste kichern wie ein junges Mädchen, als sie sich daran erinnerte: Immer gegen 12 Uhr stoppte ihr Schwiegervater nämlich vor dem

Haus Nr. 224 seinen Zug, ohne dass ein offizieller Halt vorgesehen war, um Verpflegung an Bord zu nehmen. Warmes Essen im Henkelmann, den ihm die junge Frau Witter oder „ooner aus da Kisch“ (einer aus der Küche) hineinreichte. Dann erst konnte die Fahrt weitergehen. Die Fahrgäste wussten das und keiner zog auch nur eine Augenbraue hoch.

Die Botschaft am Faulen Pelz

Der Faule Pelz in Heidelberg ist nicht, wie Sie vielleicht denken, der Prototyp der Einwohner der Stadt, sondern der Name eines Gebäudes, das man nur unter bestimmten Bedingungen betritt und für einige Zeit bewohnt, allerdings recht beengt. Es ist der Knast und der Volksmund hat ihn wohl so getauft, weil die exklusive Immobilie zwischen den Straßen „Unterer“ und „Oberer Fauler Pelz“ liegt. Über 160 Jahre wurde das 1847/48 erbaute Amtsgefängnis in bester Altstadtlage für den Untersuchungshaftvollzug von männlichen und weiblichen Gefangenen genutzt. 2015 wurde es geschlossen und für den vorübergehenden Maßregelvollzug umgebaut, später soll es einmal universitären Zwecken dienen.
Die Straßennamen haben rein gar nichts mit faulen Personen zu tun, sondern gehen auf einen an dieser Stelle früher bestehenden Wassergraben zurück, in dem Gerber, also sehr fleißige Leute, die Felle schwenkten und eine faulige Brühe hinterließen, auf der sich eine schimmlige Schicht – der Pelz – bildete.
Seit moderneren Zeiten führt eine in der Altstadt verkehrende Buslinie direkt am Faulen Pelz vorbei. In der Straße „Oberer Fauler Pelz“ bestehen bis heute zwei gleichnamige Haltestellen.

Eines Morgens, etwa Anfang der 1980er-Jahre, staunten die Fahrgäste nicht schlecht, als ihr Bus die hohe, mit Stacheldrahtrollen gesicherte Gefängnismauer am Oberen Faulen Pelz passierte. Weithin sichtbar stand in großen weißen Lettern zu lesen: „Jungs, wir holen euch hier raus!“ Die edle Absichtserklärung von unbekannter Seite – „wir“ eröffnet natürlich einen weiten Interpretationsspielraum – musste in der Nacht zuvor unbemerkt an den mächtigen Buntsandsteinquadern der Mauer angebracht worden sein.

Dumm nur, dass die Adressaten von ihrer bevorstehenden Befreiung nichts erfahren haben, denn aus den Zellen war ihnen ja die Sicht auf die Außenmauer verwehrt. Der Ausblick beschränkte sich auf die dem Gefängnishof zugewandte Innenseite. Und so konnten die Jungs die nötigen Vorbereitungen für den Tag X gar nicht treffen: ein paar Sachen zusammenpacken, sich vom Knastpersonal verabschieden, die Angehörigen benachrichtigen …

Das Gefängnis „Fauler Pelz“ befindet sich in bester Altstadtlage.

Zum Abschied Hummer

In der Studentenstadt Heidelberg war es in den 60er-Jahren keine Seltenheit, dass etliche der angehenden Jungakademiker jobben mussten, um finanziell über die Runden zu kommen. Auch Bärbel war nicht gerade begütert, als sie an der Uni Anglistik und Germanistik studierte. An Bafög, das damals „Honnefer Modell“ hieß, war nicht zu denken, von den Eltern gab es nur 300 Mark im Monat, was natürlich hinten und vorn nicht reichte. Schon das 12-Quadratmeter-Zimmer unterm Dach in einem heruntergekommenen Altbau in der Plöck kostete 80 Mark, damals nicht wenig Geld. Eine typische Studentenbude mit Bett, kleinem Tisch, Stuhl, Waschbecken und Toilette auf dem Hof – eher ein Loch als ein Zimmer. Zum Duschen ging Bärbel ins Hallenbad, im Waschbecken wusch sie die kleine Wäsche und hängte sie auf einer Leine unterm Dach auf. Dass ein merkwürdiger Mitbewohner einmal heimlich ihre Höschen mitgenommen hat, weiß sie bis heute.

Neben der Miete gab es manchmal andere Posten, die zu Buche schlugen und die man nicht unbedingt auf der Rechnung hatte. Als sie das zu jener Zeit in studentischen Kreisen diskutierte Hauptwerk von Adorno, die 1966 erschienene „Negative Dialektik“ erwarb – schließlich wollte sie mitreden können –, waren 30 Mark fällig, fast die halbe Miete. Das mit dem Mitreden war allerdings so eine Sache, denn von den dialektischen Erörterungen des großen Philosophen verstand sie nur die Hälfte.

Jedenfalls mussten Jobs her, um sich das nötige Kleingeld hinzuzuverdienen. Den Anfang machte eine Beschäftigung beim Chemieunternehmen Kluthe im Stadtteil Pfaffengrund, und das lief nicht schlecht. Man zahlte ihr sogar Weihnachtsgeld aus, was die Studentin ziemlich überraschte. Das von dem großzügigen Arbeitgeber gewährte Zubrot war natürlich hochwillkommen. Es folgten andere Jobs in ganz unterschiedlichen Umgebungen, etwa der eines Bierzelts mit Hunderten von Gästen in einem bei Heidelberg gelegenen Dorf, das ein großes Jubiläum feierte. Da wurde Bärbel als Bedienung angeheuert.

Als Höhepunkt der Festivität trat ein prominenter Schlagersänger auf, der noch heute Bühnengastspiele absolviert. Als der Künstler vor seinem Auftritt eine Autogrammstunde abhielt, strömten zahlreiche, vor allem weibliche Fans an seinen Tisch, um die begehrte Unterschrift zu ergattern. Den Wunsch hatte Bärbel auch und steuerte, um die Warteschlange zu umgehen, im umgebundenen Schürzchen und mit ihrem Tablett, auf dem leere Biergläser standen, mutig direkt auf den Umschwärmten zu. Ob er wohl für sie eine Ausnahme machen und ihr vor den anderen ein Autogramm geben könne, sie müsse ja noch arbeiten, fragte sie ihn zaghaft. „Für dich, Süße, mach ich das natürlich“, lautete die Antwort, wobei ihr der Sänger den Po tätschelte. Da verspürte die Studentin plötzlich keinen Autogrammwunsch mehr und drehte sich um. Die „MeToo“-Zeiten waren zwar meilenweit entfernt, aber das wollte sie dem Herrn Schlagersänger nicht durchgehen lassen.

In einer etwas seltsamen Kneipe an der Alten Brücke verlangte der Wirt von ihr, sich zu den Gästen zu setzen und sie zum Trinken zu animieren. Für Bärbel war der erste Arbeitstag zugleich der letzte, sie schmiss den Job. Da lief es als Bedienung im Offizierskasino der US-amerikanischen Wohnsiedlung Patrick-Henry-Village viel besser, die Atmosphäre war gut und die Amerikaner gaben großzügige Trinkgelder. In der „Falle“, einem angesagten Studentenclub in der Friedrich-Ebert-Anlage, setzte sie ihre Gastronomie-Karriere fort, stand hinterm Tresen und schenkte Getränke aus. Das ging bis drei Uhr morgens, was natürlich zur Folge hatte, dass sie am nächsten Tag kaum vor elf Uhr aufstand (aber ihr Studium trotzdem erfolgreich beendete).

Als Anglistik-Studentin bekam Bärbel Kontakt zum Amerika-Haus, dem späteren Deutsch-Amerikanischen Institut, und dessen damaligem Leiter, der sie auf das Pepperdine College, heute Pepperdine University, aufmerksam machte: eine christliche amerikanische Universität, die seit 1963 einen Ableger in Heidelberg hatte. Auf ihre Anfrage, ob sie dort vielleicht amerikanischen Studenten Deutschunterricht geben könnte, kam eine Zusage, und der nächste Job war geritzt. Es wurde ihr bester.

Das Pepperdine College am Graimbergweg ist ein idyllisch gelegener Lernort.

Mary aus Austin, Texas, zu der Bärbel nach wie vor Kontakt hat, war ihre erste Schülerin. Als ihr damaliger Verlobter aus den USA zu Besuch nach Heidelberg kam, fragte sie ihre studentische Deutschlehrerin, ob sie ihr vielleicht ihr Zimmer für ungestörte Zweisamkeit überlassen könne. Für Bärbel kein Problem, konnte sie doch in die im gleichen Altbau gelegene Studentenbude ihres Partners ausweichen, mit dem sie in „wilder Ehe“ zusammenlebte. Das war unter den damals geltenden Moralvorstellungen natürlich nur möglich, wenn der Vermieter wie in diesem Fall nicht im gleichen Hauskomplex wohnte.
Aber vor allem machte Mary sie mit einem Mann bekannt, der ihren Unterrichtsjob auf unerwartete Weise veredeln sollte: Jack. Der wollte ebenfalls Deutsch lernen und dafür 100 Mark pro Stunde zahlen. Ein hübsches Sümmchen, was man nicht alle Tage geboten bekommt. Bärbel fackelte nicht lange und war einverstanden. Zwar wunderte sie sich über die Höhe des Betrags, aber Bedenken, ob vielleicht Tätigkeiten von ihr erwartet wurden, die über den Deutschunterricht hinausgingen, stellten sich zum Glück als unbegründet heraus.
Und da Jack nicht nur einmal pro Woche unterrichtet werden wollte, zahlte es sich für sie im besten Sinne des Wortes aus, diesen Job angenommen zu haben. Der US-Boy zeigte sich an der Erkundung der Umgebung Heidelbergs interessiert und ließ sich gerne mit dem funkelnagelneuen VW-Käfer durch die Gegend kutschieren, den Bärbels Freund gerade von seinem Vater, einem Apotheker aus Kaiserslautern, fürs Anstreichen des elterlichen Hauses geschenkt bekommen hatte.
Mehrfach kehrte man zusammen mit Freunden in den Landgasthof „Die Rainbach“ bei Neckargemünd ein (später ein Lieblingslokal von Bundeskanzler Helmut Kohl, der mal mit dem französischen Staatspräsidenten François Mitterand hier speis-

te). Das hätten sich Bärbel und die anderen Ausflügler natürlich nie leisten können. Aber Jack zahlte alles. Jack war Millionär. Das stellte sich irgendwann bei einem Treffen mit Mary heraus, die bereits davon wusste. Als sein Deutschland-Semester vorbei war, lud er Bärbel und ihre Freunde zum Abschiedsessen in die „Burgfreiheit“ in der Nähe des Heidelberger Schlosses ein. Es gab Hummer.

Da saß man am Tisch und schaute etwas ratlos auf die neben dem Teller liegenden Zangen: Wie isst man nur dieses Meerestier, das gewöhnlich nicht auf dem Speiseplan der Mensa steht? Jack, in dessen Kreisen der Hummer sicherlich eine gängige Delikatesse war, zeigte, wie's geht, indem er das Tier in beide Hände nahm, es auseinanderbrach und die essbaren Teile mit dem Messer herausholte und verzehrte, mit viel Geschmatze, dabei die dazugehörigen Getränke hörbar schlürfend. Vorher hatte er eine kleine Ansprache gehalten, in der er die Arbeit von Bärbel würdigte. Ach ja, in den „Seppl“, das historische Studentenlokal am Karlsplatz, sollte sie mit Jack natürlich auch noch gehen. Da wurde der gläserne Bierstiefel herumgereicht, was angeblich studentische Sitten demonstrierte. Wenn's denn sein muss …

Im Haus Ottilie

Dieter Hormuth kam 1949 im Alter von vier Jahren in das evangelisch-lutherische Kinderheim „Haus Ottilie", das „In der Aue 13" in Schlierbach lag und von der Inneren Mission sowie dem Evangelischen Hilfswerk Baden getragen wurde. Die alleinerziehende Mutter war durch ihre Berufstätigkeit in Mannheim – sechs Tage die Woche – zu stark belastet und hatte sich daher entschlossen, ihren Sohn tagsüber in das Heim zu geben, wo er Betreuung und Verpflegung erhielt.

An die gestärkten weißen Hauben der Schwestern kann sich Hormuth, der später den Nachnamen seines Stiefvaters Rolf Berberich annehmen sollte, noch gut erinnern. Etwa 20 bis 25 „Kriegskinder", die meisten von ihnen Voll- oder Halbwaisen, waren damals in dem Heim untergebracht. Die Betreuung und Erziehung war sehr fürsorglich, dennoch litten die Kinder unter der Trennung vom Elternhaus oder dem Verlust der Eltern – sie waren oft traurig und weinten.

Beinahe täglich ging es gemeinsam hinaus in den nahe gelegenen Schlierbacher Wald, zum Felsenmeer, zur Wolfsbrunnenanlage oder in Richtung Neckargemünd. Im Wald gab es immer etwas zu tun: Tannenzapfen aufsammeln, die zum Anzünden der Holzöfen im Heim benötigt wurden, Bucheckern auflesen, aus denen Öl gepresst wurde, Heidelbeeren für den Nachtisch pflücken oder Esskastanien sammeln, die man rösten konnte. Was die Verpflegung betraf, erhielt das Kinderheim großzügige Unterstützung von Angehörigen der US-Armee, die Lebensmittel brachten. Dazu gehörten gesalzene Butter, Milch aus Trockenpulver, Erdnussbutter als Brotaufstrich und Schokolade.

Darüber hinaus kamen die Kinder in den Genuss der Carepakete. Die wurden von amerikanischen Hilfsorganisationen an Not-

leidende und Arme in Europa verteilt und enthielten Nahrung, Kleidung und Kohle zum Heizen. Eine besondere Freude erlebten die Jungen und Mädchen an Weihnachten, als sie ein Armee-Bus in eine Kaserne der Amerikaner brachte, wo sie bewirtet wurden und Geschenke bekamen.
Wer über zehn Jahre alt war und damit zu den Älteren gehörte, wurde mit Kannen zum Einkaufen von Milch in ein Lebensmittelgeschäft geschickt, das sich ein paar Häuser weiter befand. In der gleichen Straße, In der Aue Nr. 10b, gab es einen Metzgerladen und gegenüber der Einmündung des Maisenbachwegs eine Goedecke-Filiale.
An Ostern 1952 wurde Dieter Hormuth in die Schlierbacher Volksschule eingeschult. Ab jetzt galt es täglich einen halbstündigen Weg von etwa einem Kilometer zurückzulegen. Er führte über die Aue vorbei am Bahnhof und über den Hermann-Löns-Weg, bevor er die Gleise der Eisenbahn an einem beschrankten Bahnübergang überquerte. Im Winter war der Ab- und Aufstieg auf der Aue, wenn Schnee und Eis lagen, eine echte Rutschpartie.
Als Schulranzen trug der Erstklässler einen alten Armeetornister seines Onkels, der wegen seiner Fellbespannung „Affe“ genannt wurde. Er musste, wie auch die anderen Heim- und Waisenkinder, im hinteren Teil des Klassenzimmers sitzen und der katholische Religionslehrer nannte ihn „Bastard“. Täglich fand eine Schulspeisung statt, meist gab es Eintopf, der in mitgebrachte Blechnäpfe abgeschöpft wurde. Die Hälfte davon musste aufgespart und für die Heimkinder mitgenommen werden, die nicht in die Schule gingen.
Als er neun Jahre alt war, ging Dieter Hormuth an einem Sommertag mit seiner Mutter auf der Aue, als plötzlich laute Schreie aus den Häusern ertönten: Es war der 4. Juli 1954,

Das Kinderheim in Schlierbach, In der Aue 13, versorgte nach dem Ende des Zweiten Weltkriegs überwiegend Kriegskinder, die einen oder beide Elternteile verloren hatten.

Deutschland hatte das Endspiel der Fußballweltmeisterschaft in Bern gegen Ungarn gewonnen, was die Leute live im Radio, einige vielleicht auch am Fernseher verfolgten. Im Dezember des gleichen Jahres durften die älteren Kinder vom „Haus Ottilie“ die Wiedereinweihung der zum Kriegsende gesprengten Neckarbrücke zwischen Ziegelhausen und Schlierbach miterleben. Aufregend war das Neckarhochwasser 1955 und 1956, teilweise mit Eisgang. Die Heimleitung und die Schule hatten Warnungen ausgesprochen, das Eis auf keinen Fall zu betreten, da zwei Kinder an der Rohrmannschen Fähre darin eingebrochen waren.
Der Neckar fror in Heidelberg noch einmal im Winter 1963 vollständig zu. Für die Menschen bedeutete es natürlich ein besonderes Vergnügen, auf dem Eis zu laufen. Im Januar 1963 fuhren der Abiturient Ekkehard Popp und sein Bruder sogar mit ihrem Fiat Topolino auf dem zugefrorenen Neckar herum, was der Polizei nicht verborgen blieb. Sie beendete das Abenteuer und verhängte eine Strafe wegen „groben Unfugs“.

Die Kindheit hieß Neckar

Den Geruch des Neckars hat sie immer noch in der Nase. Die Erinnerung ist mächtig, obwohl inzwischen Jahrzehnte vergangen sind. Beate Weber-Schuerholz, Jg. 1943, lernte als sechsjähriges Kind im Neckar schwimmen, an seinem Ufer in Ziegelhausen, wo sie mit ihrer Familie lebte. Der heutige Stadtteil im Osten von Heidelberg war zu dieser Zeit eine selbstständige Gemeinde. Schwimmen lernen in einem Fluss war eine ganz besondere Erfahrung.

Über Sandsteinbrocken, die der Befestigung des Ufers dienten, ging es hinein in den Neckar. Das fühlte sich wegen der auf den Steinen wachsenden Algen an den Füßen ziemlich glitschig an. Und es schwang die leichte Sorge mit, dass sie die kleinen weißen Fische, die Sume, in die Zehen beißen würden. Was sie natürlich nicht taten, denn Sume sind nett und keine Piranhas.

Unweit der Ziegelhäuser Fähranlegestelle, wo eine Verbindung zum gegenüberliegenden Schlierbach bestand, war am Ufer eine kleine Fläche durch Korkleinen abgegrenzt, auf der die Kinder von einem Schwimmlehrer lernten, wie's geht. Der hatte eine Stange zur Hand, an deren Ende sich ein Ring zum Festhalten befand, falls mal jemand unterzugehen drohte. Nicht nur der Geruch des Neckars prägte sich bei Beate Weber-Schuerholz für das ganze Leben ein, sondern auch der Geschmack des Wassers, mit dem man ja als Schwimmanfängerin unweigerlich in Berührung kommt. Zumal, wenn gerade ein Lastschiff vorbeizieht und Wellengang auslöst.

Oft ging ihr Großvater mit ihr am Neckar spazieren und erzählte ihr „Geschichten aus der Geschichte" – er war jemand, der sich für die Historie begeisterte. Für die sechsjährige, gerade eingeschulte Beate waren diese „Geschichtsstunden" mit dem Blick

auf den Neckar faszinierend. Dieses Gefühl, da ist ein Erwachsener, der unterhält sich ganz ernsthaft mit dir.
Wasser spielte in ihrer Ziegelhäuser Kindheit aus einem weiteren Grund eine große Rolle: Mit ihrer Mutter – der Vater kehrte erst drei Jahre nach Kriegsende aus russischer Kriegsgefangenschaft zurück – lebte sie anfangs im Mühlweg 4 bei ihrer Tante und ihrem Onkel, der aus der Familie des Bürgermeisters Correll stammte. Über das Grundstück floss (wie man hier sagt) *die* Steinbach und bediente eine Mühle mit einer Kettenschmiede, deren Besitzer Correll war.
Die Bach war, erinnert sich Beate, ein wunderbarer Ort zum Spielen. Gemeinsam mit ihrem Cousin und ihrer Cousine verbrachte sie viel Zeit am Wasser, in dem sich Mini-Sandbänke gebildet hatten. Man drehte kleine Sandsteine um, entdeckte Blutegel und versuchte den Bachlauf zu stauen, was aber glücklicherweise nicht gelang. Sonst hätte das wohl schlimme Konsequenzen gehabt.

Wo der Neckar noch seinen Charme hat(te), wie auf diesem Fußweg in natürlicher Uferumgebung.

Der Neckar ließ sie nie wieder ganz los, es war der Fluss ihres Lebens. Gut zwei Jahrzehnte später – sie hatte zwischenzeitlich in Nordrhein-Westfalen gelebt und war zu Studium und Berufstätigkeit nach Heidelberg zurückgekehrt – kandidierte sie bei den Kommunalwahlen erfolgreich für den Gemeinderat. Im Juni 1975 erlebte sie ihre erste Gemeinderatssitzung. Und die hatte es in sich, auf der Tagesordnung stand nämlich ein Punkt, der sie unmittelbar betraf: „Umgehungsstraße Ziegelhausen". Was war geplant?
Das Neckarufer sollte zubetoniert werden, um einer breiten Autostraße Platz zu machen. Jenes Ufer, an dem sie mit ihrem Großvater entlanggelaufen war, um von ihm etwas über Geschichte zu erfahren. Und jetzt ging es darum, diese Kindheitserinnerung regelrecht zu zerstören. Bei der Abstimmung über diesen wichtigen Tagesordnungspunkt stimmte Beate dagegen, sie konnte gar nicht anders, denn diese Maßnahme ging gegen ihr Gewissen. Wenn so Politik ist, dachte die junge Stadträtin damals, dass sie über solche Dinge abstimmen müsse, dann wisse sie nicht, ob sie das auf Dauer durchhalten könnte.
15 Jahre später, 1990, wurde Beate Weber-Schuerholz zur Heidelberger Oberbürgermeisterin gewählt, als erste Frau in dieser Position in Baden-Württemberg. Während ihrer Amtszeit rief sie das Projekt „Lebendiger Neckar in Heidelberg und Umland" ins Leben, mit dem der Neckar und seine Ufer durch verschiedene Renaturierungsmaßnahmen wieder erlebbar werden sollten. So entstanden zum Beispiel kleine Buchten, damit Kinder zum Spielen ans Wasser kommen können, ohne dass die Eltern Angst haben müssen, dass sie ins Wasser fallen könnten. Für junge Fische wurden Möglichkeiten geschaffen, geschützt aufzuwachsen, wie das früher selbstverständlich war. Die Idee dahinter: Man schützt nur etwas, was man kennt und liebt. Und darauf kommt man nie, wenn man nur mit dem Auto schnell an Ufern entlangfährt.

Astronomen und Siebenschläfer

Heidelberg ist eine Waldstadt. Etwa 40 Prozent der Gemarkungsfläche der Kommune am Neckar sind bewaldet. Welche Großstadt hat das schon zu bieten? Das ist nicht nur für die Einwohner attraktiv, sondern auch für diejenigen, die durch ihre Tätigkeit den Ruf Heidelbergs als Wissenschaftsstadt begründen. Als man im Mai 1976 inmitten des Stadtwalds auf dem Gebiet des Königstuhls das Max-Planck-Institut für Astronomie (MPIA) einweihte, wollte man den Wissenschaftlern ein Refugium zur Verfügung stellen, in dem sie ungestört, umgeben von reiner Luft und purer Natur, auf hohem Niveau forschen können – in des Wortes doppelter Bedeutung, denn das über fünf Hektar große Institutsgelände liegt auf knapp 600 Metern Höhe. Das ist für den Blick in die Sterne nicht ohne Bedeutung, auch wenn andere, weit höher gelegene Standorte auf der Südhalbkugel inzwischen das Maß der Dinge sind.

In der himmlischen Ruhe des Königstuhl-Walds gedeiht seitdem die Arbeit der international renommierten Astronomen. Die unmittelbare Nähe zur Natur kann allerdings manchmal zu unerwarteten Ereignissen und überraschenden Koexistenzen führen. So entdeckten Mitarbeiter des Max-Planck-Instituts eines Tages merkwürdige Gäste in ihren Räumen: In den Büroschränken im Astrolabor machten sich Siebenschläfer breit. Die nachtaktiven Nagetiere hatten sich aus zerpflückten Akten behagliche Nester eingerichtet. Und damit nicht genug. Der Sportplatz des Instituts, den die Wissenschaftler in ihrer Freizeit gerne zum Fußballspielen nutzten, wurde des Nachts von Wildschweinrotten verwüstet.

Das Interesse von Siebenschläfern an wissenschaftlichen Daten der Astronomie ist vielleicht der erste einschlägige

Possierliche Gäste im Astrolabor: Siebenschläfer.

Fall in der Geschichte der Sternen- und Planetenforschung. Von einer wissenschaftlichen Dokumentation und Analyse im Zuge einer fächerübergreifenden astronomisch-zoologischen Kooperation ist allerdings nichts bekannt. Wesentlich einfacher war die Sachlage bei den Wildschweinen, deren Interesse sich eindeutig nicht auf den Himmel über ihnen, sondern auf den Boden unter ihnen richtete – schließlich enthält der ja manchmal noch etwas Fressbares. Natürlich könnte man den Schwarzkitteln mangelnde Empathie für die fußballspielenden Wissenschaftler vorwerfen, deren Platz sie ruinierten, und ihnen die rote Karte zeigen. Aber einer Wildsau ist so etwas ziemlich schnuppe.

So legte sich der Jagdpächter mehrere Abende auf dem Institutsdach auf die Lauer, um das Problem mit der Flinte zu lösen. Aber das Schwein ist eben nicht dumm. Es ließ sich einfach nicht blicken. Seitdem hält ein Elektrozaun die störenden Schwarzkittel dauerhaft fern und die Astronomen können sich nach dem Blick ins Universum wieder beim Spiel mit dem runden Leder erden.

Brisanter Waffenfund

Am 23. Juni 1978 ereignete sich in einer Wohnung in der Schneidmühlstraße im Stadtteil Bergheim eine folgenschwere Explosion. Der Mieter und Student Hermann F. hatte, wie die polizeilichen Ermittlungen ergaben, am Zündmechanismus einer Bombe hantiert, die versehentlich in die Luft flog. F., der dabei schwerste Verletzungen erlitt, war Mitglied der Revolutionären Zellen (RZ), einer linksextremistischen Terrororganisation, die von den 1970er- bis in die 1990er-Jahre hinein in Deutschland aktiv war. Die Bombe sollte er zwei Tage später, zeitgleich zum Endspiel der in Argentinien stattfindenden Fußballweltmeisterschaft, in München am Gebäude des argentinischen Konsulats zünden. In dem südamerikanischen Land herrschte damals eine Militärdiktatur.

In der Sonderkommission zur Aufklärung der Explosionsursache, gebildet durch das Landeskriminalamt Baden-Württemberg und die Polizeidirektion Heidelberg, hatte der im Dezernat Staatsschutz tätige Ermittlungsbeamte Dieter Berberich die Aufgabe, den Tatverdächtigen nach seinem Klinikaufenthalt zu vernehmen. Bei der ersten Begegnung, drei Wochen nach der Explosion, zeigte sich F. trotz seiner schweren Verletzungen, die zum Verlust beider Beine und seines Augenlichts geführt hatten, physisch stabil und gut ansprechbar. Er habe, so seine Aussage, nie die Absicht gehabt, mit der Bombe einen Menschen zu verletzen oder gar zu töten. Sein Motiv sei gewesen, auf die brutalen, menschenverachtenden Verhältnisse in Argentinien aufmerksam zu machen, ausgehend von der Überzeugung, dies mit einer spektakulären Aktion zu erreichen.

Im weiteren Verlauf der Vernehmungen, bei denen er seine Kooperationswilligkeit, aber auch seine Absicht, keinen seiner Freunde den Strafvollzugsbehörden auszuliefern, betonte, machte er konkrete Angaben zu einem Munitions- und Waffendepot der RZ im Heidelberger Stadtwald, obwohl ihm das sichtlich schwerfiel. Sprengstoffspezialisten des Bundeskriminalamts konnten das Depot westlich der Sprunghöhe in einem Tannenwäldchen am Oberen Dachsbauweg aufspüren und ausgraben, wobei Suchhunde zum Einsatz kamen.

In dem Versteck wurden unter anderem zwei TNT-Sprengblöcke à 500 Gramm, Zünder und eine Pistole sichergestellt, die aus einem Überfall der baskischen ETA in Südfrankreich auf einen Munitionstransport der Armee stammten. Die ausgewerteten Spuren wiesen auf enge Verflechtungen der europäisch bis weltweit agierenden Terrororganisationen hin. Alle späteren Gerichtsverfahren gegen Hermann F. wurden mit der Begründung eingestellt, dass die Schwere seiner Verletzungen ihn derart beeinträchtigen würde, dass die Justiz auf eine Bestrafung verzichte.

In der Nähe der Sprunghöhe im Stadtwald wurde 1974 ein brisanter Waffenfund gemacht.

Es waren unruhige Zeiten in Heidelberg, der Stadt der Romantik. Der Terrorismus fand vor dem Hintergrund der Präsenz des in den Vietnamkrieg verwickelten US-Militärs Anlässe und Ziele für seine finsteren Aktivitäten. Am Abend des 24. Mai 1972 verübte die RAF in der Römerstraße einen Bombenanschlag auf das Hauptquartier der US-Armee in Europa. Drei Menschen kamen ums Leben, das Areal glich nach der Explosion Augenzeugen zufolge einem Trümmerfeld.
Knapp zehn Jahre später, am Morgen des 15. September 1981, schoss ebenfalls ein RAF-Kommando auf den Oberbefehlshaber der US-Armee in Europa, General Frederick Kroesen, der sich auf dem Weg von seiner Dienstwohnung in Schlierbach in das Armee-Hauptquartier in der Südstadt befand. Als seine gepanzerte Dienstlimousine vor einer Ampel am Karlstor hielt, wurden die Schüsse aus einer Panzerabwehrwaffe vom gegenüberliegenden Steilhang aus abgegeben. Kroesen und seine im Wagen befindliche Begleiter, darunter seine Frau, erlitten leichte Verletzungen.

Die etwas andere Kneipe

Am Abend dieses 29. Juni 1979 quoll der „Löwenkeller“ einfach über. Vor dem Haus in der Rohrbacher Straße 92 bildete sich eine dichte Traube von Menschen, die drinnen keinen Platz mehr bekommen hatten, aber immerhin ein Bier. Mit dem stießen sie jetzt unter freiem Himmel an auf die Gründung „ihrer“ Kneipe, die eigentlich keine war, jedenfalls keine gewöhnliche: Ein aus der alternativen Szene Heidelbergs kommendes Kneipenkollektiv, mit 34 Frauen und Männern das größte in der damaligen Bundesrepublik, hatte mit einigem Mut und Enthusiasmus ein gastronomisches Kind aus der Taufe gehoben, das ein bisschen anders funktionierte als Gaststätten das üblicherweise tun. Kommerziell sollte der „Löwenkeller“ nicht geführt werden, vielmehr kam das erwirtschaftete Geld alternativen Projekten zugute.

Alle, die bei der Kneipe mitmachten – die Frauen stellten übrigens die Mehrheit –, waren gleichberechtigt. Also zapfte jede(r) mal Bier am Tresen, stand am Herd in der Küche oder servierte den Gästen Essen und Getränke. Jeden Abend waren jeweils fünf Leute aus dem Kollektiv im Einsatz. In die spezifischen Tätigkeiten musste man sich erst mal reinfinden, denn eine Kneipe hatte noch niemand von ihnen geführt. Ab und an kam es zu leichtem Chaos. Die Männer bauten in der Küche Mist und mussten die Kritik der Frauen einstecken, weiß Christoph Nestor, seinerzeit Student und Aktivist der alternativen Sponti-Szene Heidelbergs. Er hatte kurz vor der Gründung einen Anruf mit knappem Inhalt erhalten: „Wir machen ’ne Kneipe auf. Machsch mit?“ Er machte mit und war von Anfang an dabei. Man konnte bei diesen Projekt jede Menge lernen, ganz abgesehen davon, dass langjährige Freundschaften entstanden.

Gekocht wurde täglich von unterschiedlichen Personen. Mancher Gast hatte so seine Vorlieben und kam nur, wenn eine ganz bestimmte Köchin (oder Koch) das Essen zubereitete. Eine Viertelstunde vor Mitternacht war Feierabend. Es kam vor, dass jemand unbedingt noch einen Drink haben wollte. Der wurde ihm gewährt, wenn er bereit war, mit anzupacken und die Toilette zu putzen. Das Ergebnis wurde natürlich kontrolliert. Für die jungen Kneipiers ging es nach Feierabend häufig weiter. Man war aufgekratzt genug, um manchmal bis zum frühen Morgen zusammenzusitzen, wenn draußen die lauten Geräusche der Müllabfuhr ins Lokal drangen. Einmal setzten sich einige spontan ins Auto, um zum Frühstücken nach Paris zu fahren.
Den Löwenkeller gab es bereits vor dessen alternativer Neugründung. Der Wirt, von dem man vermutete, dass er in der NPD war, gab das Lokal aus Altersgründen auf. Zuletzt verkehrten darin nur noch wenige Gäste. Vielleicht war das Grund dafür, dass die Heidelberger Schlossquell-Brauerei zunächst nur ein

Aufbruch zu neuen Kneipen-Ufern: Das „Löwenkeller"-Gründerkollektiv im Juni 1979.

paar Fässer Bier mehr an die neuen Kneipenbetreiber lieferte. Aber am Montag nach dem ersten Wochenende war das Bier aus und Nachschub musste geordert werden. Mit so viel Umsatz hatten die Bierbrauer wohl nicht gerechnet,

Schnell wurde der Löwenkeller zum beliebten Treffpunkt für die alternative Szene der Stadt. Die hatte nämlich mit der Zwangsräumung des selbstverwalteten Studentenwohnheims Collegium Academicum (CA) in der Seminarstraße im März 1978 ihren pulsierenden Pol verloren und war heimatlos geworden. In der Kneipe in der Weststadt blühten die verschiedenen alternativen Initiativen und Projekte bald zu neuem Leben auf, etwa die Mediengruppe „Schrägspur“. Nicht alle aus der Löwenkeller-Gruppe folgten einer politischen Richtung, die den Geist des CA weitertragen wollte. Man traf unter den Mitstreitern auch solche, die im Löwenkeller einfach eine Art Begegnungsstätte oder Wohnzimmer sahen. Für andere stellte die alternative Kneipe so etwas wie eine Initialzündung in ihrer lebensgeschichtlichen Entwicklung dar: Ein weibliches Mitglied spielte in der ersten Heidelberger Frauen-Rockband „Eisprung“ das Saxophon und ging später für zehn Jahre nach Malaysia, wo sie an einer Schule arbeitete.

In einer Gruppe von 34 Leuten kann nicht immer alles rund laufen. Es kam mitunter zu Reibungen, die ihren Grund nicht nur darin hatten, dass das Sponti-Prinzip „Keine Hierarchien“ im Kneipenalltag praktisch gelebt wurde und alles ausdiskutiert werden musste. Probleme schafften auch undisziplinierte Mitarbeiter. Obwohl die Kneipe voll und der Umsatz gut war, geriet der Löwenkeller in seiner Anfangszeit in die roten Zahlen. Man bekam das in den Griff, als sich eine kleinere Gruppe mit deutlich mehr Verantwortung nach innen formierte. Es gab regelmäßige Teambesprechungen, die mehr als zwei Stunden dauerten.

Essen, Einkauf und Überprüfung der Bier- und Weinvorräte wurden für jeweils eine ganze Woche geplant. Jetzt lief der Laden wieder. Vom Weingut Froehlich der Winzerfamilie Schäfer im pfälzischen Edenkoben bezog die Kneipe den Wein. Alle zwei Monate kamen Vater mit Sohn und lieferten 60 Holzkisten à 12 Flaschen: Riesling, Sylvaner, Müller-Thurgau und Weißherbst. Der Rote wurde von einer südwestfranzösischen Kooperative in Larzac importiert. Pro Jahr verkaufte die alternative Kneipe mindestens 15 000 Liter Bier und 5000 Liter Wein – beträchtliche Mengen, aber verglichen mit dem Volumen des Großen Fasses auf dem Heidelberger Schloss nur kleine Fische.

Der Ruf des Löwenkellers zog sowohl berühmte als auch unerwünschte Gäste an. Als der Wiener Sänger und Satiriker Georg Kreisler nach einem Auftritt in der Heidelberger Stadthalle der alternativen Gaststätte einen Besuch abstattete, verließ er sie bereits nach einer halben Stunde, weil ihn die Gäste nicht in Ruhe ließen. Einmal wurde ein Zuhälter in der Gaststube gesichtet, der offenbar die Frauen abkassierte. Der wurde ebenso vor die Tür gesetzt wie ein Staatsanwalt. Man glaubte, er sei in einem Strafprozess tätig gewesen, der 1975 nach den Auseinandersetzungen um die Fahrpreiserhöhungen der HSB stattgefunden hatte. Damit tat man ihm allerdings unrecht, wie sich später herausstellte.

Die außergewöhnliche Kneipe in der Rohrbacher Straße hielt ihren Betrieb nur wenige Jahre aufrecht. Als dringende bauliche Veränderungen anstanden und der damalige Hausbesitzer keinen Pfennig investieren wollte, war im Dezember 1984 Schluss im Löwenkeller. Durch Vermittlung der Bergbrauerei Leimen konnte das Projekt aber ab Januar 1985 in der Gaststätte „Jägerlust“ in der Gaisbergstraße weitergeführt werden, bis es 1994 schließlich ganz aufgegeben wurde. Das Lokal gibt es

heute nicht mehr, aus ihm wurde eine Wohnung. Den Löwenkeller übernahm 1985 der Gastronom Fethi Kirma. Die Gaststätte ist inzwischen doppelt so groß wie die alte.
Nachspiel: 40 Jahre nach Gründung des alternativen Löwenkellers feierte man im Juli 2019 am gleichen Ort die „symbolische Wiedereröffnung" mit allen Ehemaligen, Freunden und früheren Gästen. Es wurde ein fröhliches Fest, das sie in eine Zeit zurückversetzte, die für viele vielleicht die schönste ihres Lebens war.

Der Hauptstraßen-Tango

Sie ist lang, mit etwa 1,6 Kilometern eine echte englische Meile. Und eng, an manchen Stellen sind es nur wenige Meter zwischen den Häusern links und rechts: Die Heidelberger Hauptstraße, das vom Bismarckplatz bis Karlstor nicht enden wollende Stadtzentrum. Sie ist schmal und doch der kurpfälzische Broadway. Hier laufen sich alle, Einheimische und Touristen, Bürger und Studenten, Eilige und Flanierende, über den Weg. Es ist der Weg zum Arbeitsplatz, zu einer Verabredung, zum Einkaufen oder einfach so – die Chance, auf Freunde oder Nachbarn, Kollegen oder Bekannte zu treffen, ist groß. Man nickt sich en passant zu oder bleibt für einen kleinen Plausch stehen, wenn es die Zeit erlaubt.
Bis in die 70er-Jahre konnte es passieren, dass man beim Gehen in der Mitte der engen, bereits vom Autoverkehr befreiten Hauptstraße plötzlich direkt hinter sich einen lauten Bimmelton hörte: die Straßenbahn! Schnell ein Schritt seitwärts nach rechts auf den schmalen, von Passanten überfüllten Bürger-

Die längste Fußgängerzone Europas!

steig, und die Bahn rauschte gefühlt im Zentimeterabstand an einem vorbei. Danach wieder ein Schritt seitwärts, diesmal nach links, zurück aufs Gleisbett. Bis die nächste „Bembel“ bimmelte …

Für manche – vor allem junge – Heidelberger, war dieses dichte Gewusel von Straßenbahnen, Autos (bis 1969 herrschte Durchgangsverkehr in der Hauptstraße) und Fußgängern ein echt urbanes Erlebnis, so wie man sich das Zentrum einer pulsierenden Großstadt eben vorstellt. Wobei der Begriff „Großstadt“ für Heidelberg relativ ist. Aber wer auf dem Land lebte oder in einem der Vororte, konnte gerade in der Straßenbahn, die den Menschen so viel Mobilität bot, ein Attribut der Freiheit, des Grenzüberwindenden sehen, das es nur in der Stadt gab.

Am „Tag des Pferdes“ ritten sogar Mitglieder des Heidelberger Reitervereins durch die Hauptstraße bis zum Rathaus. Für Drahtesel und sonstige Zweiräder war die Hauptstraße allerdings wegen der Straßenbahnschienen gefährlich. Da konnte man leicht in die Vertiefungen geraten und stürzen.

Der Einzelhandel war bunt sortiert und bot für jeden Geschmack etwas. Bei Sport Bredl kaufte man eine Ausrüstung, um im Winter auf dem Kohlhof hoch über der Stadt Ski zu fahren. Es gab das Musikhaus Hochstein, das Kunsthaus Welker an der Ecke vom Theaterplatz und, fürs Alltägliche, die Drogerie Werner an der Ecke Märzgasse, über der ein „Seifenteddy", von allen Kindern sehr geliebt, wunderbare große Seifenblasen in die Straße blies. Gegenüber befand sich eine Woolworth-Filiale, wo es praktisch alles für wenig Geld gab. Ein paar Nummern größer war das Kaufhaus Schäfer, später der Standort des Kaufhofs. Ungefähr in den 70er-Jahren nahm die Zahl an kleinen Boutiquen zu, in denen indische Fummel und Ähnliches verkauft wurden.

Bei den Studentenbewegten von 1968 stand die Hauptstraße für „Konsumterror". Auf der anderen Seite wies sie ideale Eigenschaften zum Demonstrieren auf, eine prima Strecke – vom Bismarck- bis zum Uniplatz. Weil sie so schmal war, erschien der Demozug gigantisch lang. Die skandierten Parolen zwischen den einander dicht gegenüberstehenden Häuserwänden waren gut zu hören.

Bei ihrem Auftreten entwickelten die Demonstranten Fantasie, wenn sie z. B. plötzlich für eine kurze Distanz einfach losrannten und dabei, mit wedelnder Hand vor dem Mund, schrille Laute ausstießen. Der brave Bürger am Rand der Hauptstraße muss geglaubt haben, dass gleich die Revolution ausbricht. Oder der Zug blieb an einer Stelle stehen und bildete in der Mitte eine Lücke, in der zwei oder drei Aktivisten blitzschnell eine politische Parole aufs Straßenpflaster pinselten. Die Polizei bekam von dem verbotenen Treiben gar nichts mit, weil es von den umgebenden Demonstranten so gut abgeschirmt war.

In der Hauptstraße tanzte man früher den Tango. Heute ist es eher der Blues, der den Ton angibt. So richtig Lust und Laune möchte beim Flanieren in der 1978 eröffneten Fußgängerzone, der längsten Europas, nicht aufkommen, die von einer Studentenzeitung als „die längste zusammenhängende Einöde des Kontinents" aufs Korn genommen wurde. Im Lokalteil der RNZ wurde das „böse Bonmot" eines namentlich nicht näher bezeichneten Zeitgenossen zitiert, der die Erlebniswelt des Besuchers der Hauptstraße mit dem Dreiklang „kaufen, laufen, saufen" beschrieb. Das Lebendige, Authentische und Zwischenmenschliche, die positive Atmosphäre, die Kreativität und die Varietät der Ausstattung sind häufig einer konsumorientierten Beliebigkeit gewichen, die man ebenso gut in anderen Städten antreffen kann. Der kurpfälzische Broadway ist vielen fremd geworden.

Keine Lust auf Klassenkampf

Die „1968er" setzten in Heidelberg unüberseh- und unüberhörbare Akzente in der Stadtgesellschaft. Mit der bis dahin vorherrschenden Ruhe war's vorbei, Heidelberg wurde neben Berlin und Frankfurt ein Pol der Studentenbewegung in der Bundesrepublik. Politische Auseinandersetzungen fanden an vielen Orten auf ganz unterschiedlichen Ebenen und in ganz unterschiedlichen Formen statt, man rang um die „richtigen" Konzepte, Haltungen und Aktionen und kaum einer konnte sich dem entziehen. Das führte nicht selten zu Tumulten bei Vorlesungen und Veranstaltungen, zu Straßenschlachten mit der Polizei und zu Hausbesetzungen.

Klassenkampf? Nö, jetzt gerade nicht.
Cartoon: Christine Ball

Bis Ende der 70er-Jahre veränderte sich das Erscheinungsbild der Linken, die sich in ideologisch deutlich voneinander abgegrenzte Richtungen zersplitterte. Unterwegs waren diese nicht nur an der Universität, sondern auch in anderen gesellschaftlichen Bereichen. Auf der Station einer Heidelberger Klinik war eine K-Gruppe durch mehrere Beschäftigte stark vertreten und versuchte ihre Überzeugungen offensiv zu verbreiten. Das fiel nicht immer auf fruchtbaren Boden. Eines Morgens hing am Schwarzen Brett im Stationszimmer ein einfaches DIN-A4-Blatt, auf dem die staunenden Mitarbeiter den Spruch lasen: „Lieber kiffen und picheln als hämmern und sicheln." Da hatte sich die Einstellung der hedonistischen Fraktion, die gerne mal Fünfe gerade sein ließ, Luft verschafft gegen die Fraktion der Strenggläubigen. Auf Klassenkampf hatte man einfach keine Lust.

Streicheleinheiten vom Kanzler

Am 13. Mai 1885 wurde in Heidelberg die von der Firma Gebrüder Leferenz gebaute Pferdebahn durch die Innenstadt eröffnet. Wer vom Hauptbahnhof (damals in Höhe des heutigen Adenauerplatzes) zum Marktplatz, später weiter bis zum Karlstor wollte, konnte die auf Schienen verlaufende Strecke ebenso mit einem PS zurücklegen wie die vom Bismarckplatz durch die Bergheimer Straße bis zur Einmündung der Römerstraße. Ein Jahr später folgte die dritte Linie, die vom Hauptbahnhof durch die Rohrbacher Straße zum Steigerweg führte. Mit der Pferdebahn, die aus heutiger Sicht gemütlich unterwegs war, stieg die Mobilität der Heidelberger ungemein. Wesentlich schneller aber ging's mit der elektrischen Straßenbahnlinie, die 1902 die Pferdebahn ersetzte.

Vielleicht wollte man fast 100 Jahre später an die ach so gute alte Zeit anknüpfen, als in der Weihnachtszeit 1976 Pferdegetrappel und Glockengebimmel in der Hauptstraße ertönten. Josef Apfels Pferdekutsche verkehrte zwischen Bismarckplatz und Rathaus, ohne dass ihm Straßenbahnen oder Kraftfahrzeuge in die Quere kamen, weil sie im Zuge der Umwandlung der Hauptstraße in eine Fußgängerzone verbannt worden waren. Bis zu 30 Personen konnte die gummibereifte Kutsche befördern, die vor allem bei älteren Heidelbergern, aber auch bei Kindern, die auf dem Kutschbock mitfahren durften, gut ankam. Und natürlich bei den Touristen.

Das weihnachtliche Gastspiel sollte im Frühjahr 1979 eine Wiederaufnahme erleben und auf das ganze Jahr ausgedehnt werden. Eine logistische Herausforderung! Josef Apfel musste zum Beispiel seine Pferde, er hatte vier zum Wechseln, täglich mit einem Transporter von Dossenheim nach Heidelberg bringen. Kostenlos war die Hauptstraßenfahrt, die vom Fahrgast auf Zuruf zum Ein- und Aussteigen unterbrochen werden konnte, nicht. Man zahlte ein kleines Entgelt beim Kutscher oder dessen Sohn, der oft mitfuhr. Der hatte außerdem mit Schaufel und Eimer für die Sauberkeit der Fahrtstrecke zu sorgen, denn irgendwann muss sich ein Pferd, bzw. die beiden, die die Kutsche zogen, ja auch mal erleichtern. Wenn es während der Fahrt passierte, war das mit dem Saubermachen eher schwierig. Um größere Hinterlassenschaften zu verhindern, führte der Kutscher eine lange Holzstange mit sich, an deren Ende ein kleiner Sack befestigt war. Vom Kutschbock aus kam diese zum schnellen Einsatz, wenn sich bei einem der Pferde „etwas tat" und deren Hinterlassenschaft in dem Säckchen aufgefangen werden sollte.

Josef Apfel mit seinen beiden Kutschpferden in der Hauptstraße.

Ein Fotograf der „Heidelberger Rundschau“, einer alternativen Wochenzeitung, wollte dieses denkwürdige Ereignis für die Leserschaft festhalten. Er gesellte sich zum Kutscher auf den Bock, die Kamera stets auslösebereit für den „moment décisif“. Der außergewöhnliche Fototermin wurde zur Herausforderung. Runde um Runde verharrte der Fotograf auf seinem Sitz, und es tat sich – nichts. Die Pferde hatten wohl gerade keine Lust, das zu tun, was Mensch von ihnen erwartete.
Ungeahnte Aufmerksamkeit von ganz oben erhielten die tierischen Nahverkehrsversorger an einem Septembertag 1990. Bundeskanzler Helmut Kohl begegnete ihnen, als er anlässlich des damaligen Oberbürgermeister-Wahlkampfs für seinen Kandidaten Raban von der Malsburg auf der Hauptstraße unterwegs war. Er ließ es sich nicht nehmen, die Pferde zu tätscheln, bevor er seine Tour schnellen Schrittes in Richtung Café Schafheutle fortsetzte. Dort wartete die vom Kanzler seit seinen Heidelberger Studienjahren so geschätzte Haus-Torte auf ihn.
Eines Tages war es vorbei mit der Heidelberger Pferdebahn. Ein junger Kutscher hatte das Gefährt am Marktplatz kurz verlassen, was ein betrunkener Mann nutzte, um auf den Bock zu springen, die Bremsen zu lösen und mit den Zügeln auf die Pferde einzuschlagen. Diese erschreckten sich und rasten mit der Kutsche panisch durch die Hauptstraße. Erst in Höhe der Ziegelgasse kamen sie zum Stehen. Die Bilanz der Amokfahrt war mit zwei leicht verletzten Passanten und einigem Sachschaden glücklicherweise relativ glimpflich. Aber der Betrieb wurde nach diesem Vorfall eingestellt. Unter die Geräusche der Hauptstraße mischte sich kein Pferdegetrappel mehr.

Sprachkompetenz

Der Internationale Ferienkurs für deutsche Sprache und Kultur, den es seit 1926 gibt, zieht Jahr für Jahr über 500 Studentinnen und Studenten aus aller Welt an die Universität Heidelberg. Für vier Wochen vertiefen sie ihre Sprachkenntnisse auf verschiedenen Stufen, hören Vorträge zu aktuellen Themen und genießen ein Freizeitprogramm, das sie mit der Stadt und ihrer Umgebung bekannt macht und zugleich dem gegenseitigen Kennenlernen dient.

Deutsche Studierende betreuen die einzelnen Klassen, sind bei Fragen behilflich und begleiten die Ferienkursler auf Ausflügen. Dabei schaute sich eine Klasse eines Nachmittags das nahe gelegene Mannheim an, um anschließend mit der Bahn wieder nach Heidelberg zurückzufahren. Als man mit dem Programm

Bei der Bahn erlebt man so manches ...

fertig war und sich im Hauptbahnhof Mannheim für die Rückfahrt sammelte, entstand plötzlich große Aufregung: Eine chinesische Studentin fehlte!
Was tun? Man konnte doch nicht ohne sie nach Heidelberg zurückfahren, und sie allein konnte das möglicherweise auch nicht. Also beschlossen die beiden deutschen Betreuungsstudenten zum Informationsschalter in der Bahnhofshalle zu gehen, das Problem zu schildern und den Beamten zu bitten, die Chinesin auszurufen. Nach kurzem Überlegen lautete die Antwort: „Mir kenne awwer koh Schineesisch“ (Wir können aber kein Chinesisch).

Mit Liebestöter an der Ampel

Ein klirrend kalter Wintertag in Heidelberg. Die Studentin Kornelia radelt wie gewöhnlich und zu jeder Jahreszeit von ihrem Zuhause in Eppelheim zur Uni in die Altstadt. Straßenbahnfahren kommt für sie nur in Ausnahmefällen in Betracht. Zum bewährten Winterwollrock und der dicken Wollstrumpfhose kommen heute ein paar Kleidungsstücke dazu, damit die frostige Tour auf dem Rad von Eppelheim über den Pfaffengrund, über die alte Czernybrücke und weiter durch die Bergheimer Straße in die Altstadt (und natürlich wieder zurück) sich halbwegs erträglich gestaltet.
Das Fahrrad war nicht gerade komfortabel. Es verfügte weder über eine Gangschaltung noch über einen gepolsterten Sattel. Auf schlechten Straßen erinnerte Kornelia ihre Fahrt oft an einen Rodeo-Ritt auf einem „bucking horse“, jenem ungerittenen Pferd, das sich bockend und buckelnd gegen den Reiter wehrt.

Als sie an der Czernybrücke ankommt, steht die Ampel auf Rot für Autos, die Straßenbahn und die Radfahrerin, die sich zwischen beiden befindet. Kornelia steigt nach vorne ab, weil sie durch den hochgestellten Sattel des Stahlrosses kein Bein auf die Erde bekommt. Als sie beim Warten zufällig mal nach rechts schaut, lächeln ihr die Leute aus den Autos freundlich zu. Auch auf der anderen Seite winken ihr Menschen aus der Straßenbahn fröhlich zu und lachen. „Toll, haben die heute gute Laune", denkt Kornelia einen Moment lang. Aber halt, das ist ja viel mehr – die schütten sich geradezu aus vor Lachen, zeigen auf sie und wollen sich gar nicht mehr einkriegen!
Drei Sekunden später versteht sie, was geschehen ist. Beim Absteigen war ihr Wollrock hinten am Sattel hängen geblieben, woraufhin nicht nur die gestreifte Pracht ihrer bestrumpften Beine zum Vorschein kam, sondern auch ihre karminroten wollenen Liebestöter mit kleinem Spitzenrand, ein „Erbstück" ihrer Großmutter aus den 50ern. Bevor die Ampel auf Grün sprang, verbeugte sich Kornelia mit einer ausladenden Armbewegung einmal nach rechts und einmal nach links, stieg aufs Rad und fuhr ungerührt weiter.
An dem unfreiwilligen Slapstick vor der Ampel hatten alle Freude, sie selbst eingeschlossen. In heutigen Zeiten hätten 90 Prozent der „Zuschauer" das Handy gezückt – nach der Devise „nicht erleben, sondern festhalten". Dabei, sagt Kornelia, ist Freude doch deshalb so schön, weil man sie, wie die Musik, nicht festhalten, sondern nur spüren und erleben kann. Keine Kopie, keine Paste – no copy, no paste.

Ein Ort zum Verlieben

Erster Akt: Man drückte den Klingelknopf links neben der dunkelgrün gestrichenen Tür, in deren oberem Teil ein kleines vergittertes Fenster eingelassen ist. Kurz darauf öffnete sich die dahinter befindliche Holzklappe und ein Augenpaar musterte den Einlass begehrenden Besucher. Hatte man die Kurzprüfung durch den Türsteher bestanden – was die Regel war –, trat man

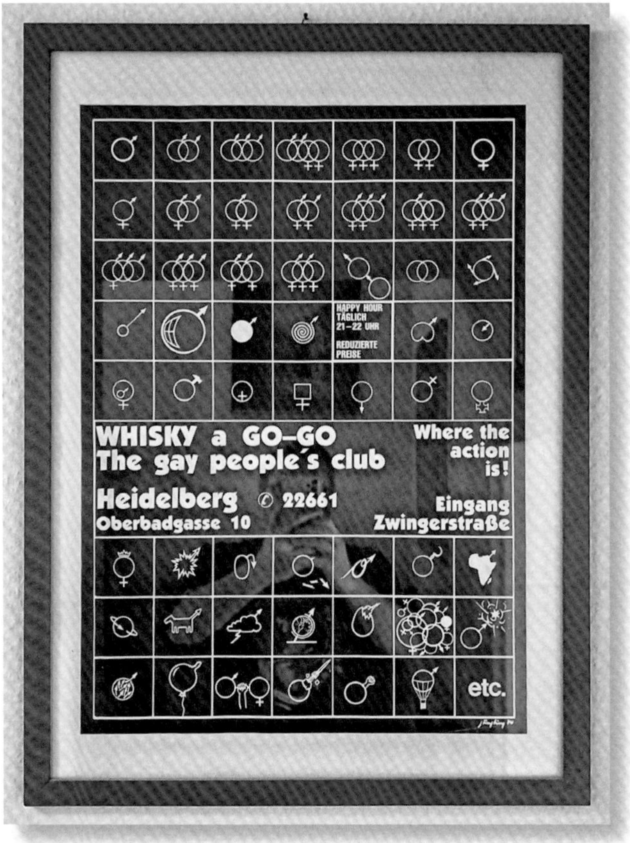

Pfiffige Werbung: das Club-Plakat des Whisky à Go Go.

in den winzigen Vorraum des Etablissements, der mit einem braunen Vorhang abgedeckt war, empfangen von heißer Musik und einem Schwall verrauchter Luft.
Zweiter Akt: Man stieg drei Treppenstufen hinunter in den linken Teil des wohnzimmergroßen Tempels, der gewöhnlich proppenvoll war. Zahlreiche Blicke richteten sich neugierig und womöglich erwartungsvoll auf den Neuankömmling. Der genoss entweder seinen Auftritt oder verdrückte sich schnell an die Bar im rechten Teil, um sich einen Drink zu bestellen – dann hatte man was in der Hand.
Es folgte der dritte Akt: Eintauchen in das rotlichtgetränkte Ambiente eines Ortes, der so nirgendwo sonst in Heidelberg zu finden war. Andere Schuppen in der Stadt konnten ihm nicht das Wasser reichen. Ein Ort zum Verlieben. Im „Whisky à Go Go" an der Ecke Oberbadgasse/Zwingerstraße gab es, um eine Anleihe bei Brechts Bilbao-Song zu nehmen, „für einen Dollar Krach und Wonne". Eine verrückte, im Sommer unerträglich heiße kleine Bar, in der man im zuckenden Licht des Stroboskops auch tanzen konnte, bis man die Welt um sich herum vergaß.
1969 gründete Walter Kern, genannt „Wally", das Whisky als ersten offenen Schwulenclub Heidelbergs und übernahm den bis dahin an gleicher Stelle unter gleichem Namen (der auf das Original in Los Angeles zurückging) existierenden Studentenclub. Kurz zuvor war der noch aus dem Deutschen Kaiserreich stammende und im Nationalsozialismus verschärfte Strafparagraf 175 zum Teil aufgehoben worden. Endlich wurden „homosexuelle Handlungen" zwischen Männern über 21 Jahren straflos gestellt.
Großporträts eines melancholisch blickenden James Dean und einer geheimnisvoll scheinenden Magdalena Montezuma – sie hatte mit den Filmregisseuren Werner Schroeter, Rosa von Praunheim und Rainer Werner Fassbinder gearbeitet – hingen an der

linken Wand der originell möblierten Bar. Darunter saßen auf einer durchgehenden Bank vor kleinen, rot gestrichenen Holztischchen die Gäste wie auf einer Hühnerleiter. Die mit den Jahren blasser werdenden Darstellungen der beiden Kult-Schauspieler gaben ein wenig die Richtung an, in die das Whisky segelte. Das bunte Völkchen, das sich Abend für Abend, Nacht für Nacht – auch am Heiligabend – einfand, war zum einen ein Spiegel der schwulen Subkultur. Vom Arbeiter über den Postbeamten bis zum Professor mischten sich alle sozialen Schichten. Zum anderen kamen

Mit ihm stand und fiel das Whisky à Go Go: Walter Kern.

auch heterosexuelle Männer und Frauen aus unterschiedlichen Gründen in das populäre Whisky, das niemanden ausschloss und erst in späteren Jahren einen Tag in der Woche „nur für Schwule" einrichtete.

Promi-Besucher wie John Cranko, Shirley McLane und Rainer Werner Fassbinder schienen ebenfalls gewusst zu haben, wo in Heidelberg wirklich was los ist. Ach ja, und Ivan Rebroff. Der den Russen gebende Sänger mit der Fellmütze tafelte mal nebenan beim Türken, nur 15 Meter entfernt. Als er von der legendären Bar erfuhr, beschloss er, ihr später einen Besuch abzustatten. Es heißt, dass ihm beim Eintreten der Ruf eines Gastes entgegenschallte: „Aber bitte nicht singen!" Das soll er gar nicht gut gefunden haben. Hinter dem rotorange gestrichenen Tresen stand Wally, begrüßte die Stammgäste mit Handschlag und pflegte die unverwechselbare Identität seines Ladens. Wer von ihm gefragt wurde: „Willst du was trinken?", konnte sich geadelt fühlen. Man beging aber einen Fauxpas, wenn man ein Bier oder einen Wein wollte. Wally gab nur Schnäpse aus. Sein Favorit war ein eiskalter Klarer aus der Kirsche. Der sei sogar gesund, wegen der Vitamine, behauptete er zu vorgerückter Stunde. Es fielen weitere stilbildende Sprüche, die man nicht zu persönlich nehmen durfte, auch wenn sie einem scharfen Blick entsprangen und den Angesprochenen treffen sollten, wie: „So ganz, ganz, ganz jung bist du ja auch nicht mehr." Stammgast war man übrigens spätestens dann, wenn man von Wally Lokalverbot bekam. Das war am nächsten Abend wieder vergessen.

Sandro, der damals sein Studium der Politikwissenschaft selbst finanzieren musste, zögerte nicht lange, als Walter ihm eines Tages den Job des Türstehers im Whisky anbot. Zwar fühlte er sich, nicht zuletzt mangels Kampfsporterfahrung, nicht unbedingt prädestiniert für diese Tätigkeit, aber sie schien spannend

zu sein und verband ihn noch enger mit seinem Stammlokal. Es gab fünf Mark pro Stunde, bar auf die Hand, und freie Drinks. Um neun Uhr abends fing er an, um ein Uhr nachts war Feierabend. Der Barkeeper, der zugleich DJ war, legte Frank Sinatras „New York, New York" als Rausschmeißer auf und schaltete nach dem letzten Ton das grelle Deckenlicht an. Das war von einigen gefürchtet, weshalb sie spätestens zwei Minuten davor das Lokal verließen. Entweder weil sie nicht erkannt werden wollten oder weil das raue Licht der Wirklichkeit ihr Make-up ruinierte.
„Lass alle rein, außer jemanden, der betrunken ist oder aggressiv wirkt", erklärte der Wirt Sandro. Schließlich sollte ja Umsatz gemacht werden. Unpassende Besucher, die vor der Tür standen, fragte er nach deren Ausweis für den „Privatclub" Whisky. Den hatten sie natürlich nicht, weil es ihn gar nicht gab. Aber das wussten sie ja nicht. Das war der Trick. Und zack schloss Sandro die Holzklappe, notfalls sogar den schweren Riegel hinter der Tür. Nach Feierabend saß er häufig mit Wally und einigen handverlesenen Gästen an der Bar, manchmal für eine Runde, meistens länger.
Einmal, es war gegen halb zwei in der Nacht von Freitag auf Samstag, klingelte es an der Tür. Sandro schaute nach und ließ seinen „Feierabend"-Spruch los, aber die drei draußen stehenden Männer verlangten nach Wally. Sie seien Schauspieler am Theater in Basel und nach der Vorstellung schnurstracks mit dem Auto nach Heidelberg ins Whisky gefahren. Da Wally einen von ihnen kannte – er sollte sich später einen Namen als „Tatort"-Kommissar machen –, durften alle rein. Es wurde eine fröhliche Runde, die bis in den frühen Morgen tagte.
An einem anderen Abend stand eine junge Frau vor der Tür, die keiner kannte. Sandro schaute kurz durch das Gitterfenster und ließ sie ein, sie kamen ins Gespräch. Die Studentin wurde bald Stammgast im Whisky. Es war für sie der einzige Ort, den sie

damals in Heidelberg fand, wo ihr niemand ungefragt an die Wäsche ging, wo sie unbefangen mit Schwulen, Lesben und anderen Menschen Kontakte knüpfen konnte. Für sie fast ein Zuhause: Die Musik war gut, die Laune auch, die Leute lachten und sprachen miteinander und sie war einbezogen. Viele Bekannt- und Freundschaften entstanden. So auch mit Sandro. Er ist nach wie vor ihr ältester Heidelberger Freund und das seit 45 Jahren.

Längst ist die dunkelgrün gestrichene Tür in der Zwingerstraße verschwunden. An ihrer Stelle wurde ein Fenster eingesetzt, denn heute ist das Whisky eine Ferienwohnung, die man von der Oberbadgasse betritt. Das Schlafzimmerbett steht auf der ehemaligen Tanzfläche.

Der Friseur und sein Paris

Eigentlich war Afrika geplant, weg aus der schwäbischen Heimat. Der Vater sollte 1962 beruflich nach Südafrika versetzt werden, und der Rest der Familie fragte sich, ob sie mitgehen sollten. Die damals fünfjährige Lisa packte schon mal ihr Köfferchen für die Reise, legte Spielsachen, Glitzersteine und vieles andere hinein und freute sich auf das ferne Land, von dem sie aus Erzählungen und Bildern in Kinderbüchern bereits wusste und Vorstellungen hatte: Es ist warm dort, sie würde im Baströckchen und mit bunter Kette um den Hals barfuß laufen, in einer schönen Lehmhütte wohnen, Löwen, Giraffen und Antilopen sehen und mit schwarzen Kindern (die sie damals mit dem N-Wort benannte) zusammen lachen, spielen und lernen. Wie man sich in diesem zarten Alter eben Afrika ausmalte. Die andere Hautfarbe war normal und störte sie nicht im Geringsten. Sie

hell, die anderen dunkel, und über die Sprache der Menschen machte sie sich keine Gedanken.
Doch dann kam die große Enttäuschung. Die Eltern waren skeptisch, insbesondere die Mutter wollte mit vier Kindern nicht in ein Land ziehen, in dem das Apartheid-System mit seinen Unsicherheiten herrschte. Der Vater bekam eine andere Funktion. Statt nach Südafrika ging die Familie nach Heidelberg und landete im Stadtteil Kirchheim. Für die freigeistige Mutter war die neue Umgebung ungewohnt. Sie vermisste ihre schwäbische Heimatstadt und hätte eine größere Stadt vorgezogen. Sie beschloss, für eine Frau in den 60er-Jahren eher ungewöhnlich, den Führerschein zu machen, um mobil und unabhängig zu sein. Sie könnte etwas unternehmen, mal wegfahren, in Konzerte gehen, Museen in der Umgebung anschauen oder andere interessante Veranstaltungen und Ziele besuchen. Bei der ersten Fahrprüfung fiel sie durch. Der Vater tröstete und ermunterte sie, es erneut zu probieren, und im zweiten Anlauf klappte es.
Zum „Feiern“ des freudigen Anlasses ging die ganze Familie in ein Eiscafé in der Schwetzinger Straße. Lisa bekam zwei Eiskugeln! Das erschien ihr unglaublich viel, fast wie ein Luxus. Fröhlich spazierten sie an dem Sommerabend durch die kleinen Straßen und setzten sich bei einem Spielplatz auf eine Bank, um das Eis zu genießen und Pläne zu schmieden. Die Eltern waren überglücklich und in heiterer Stimmung. Ihr erstes Auto in Kirchheim war ein cremeweißer Opel Corsa mit Weißrandreifen und einem schwarzlackierten Dach. Wie zu dieser Zeit üblich, passte man sich den gegebenen Umständen an. Zu Hause wurde bewusst und sparsam gewirtschaftet. Im Sommer gab es oft frische Buttermilch mit Tomaten und Schnittlauchbroten, danach ging es auf die Straße zum Spielen, bis es dunkel wurde. Einmal bemerkte Lisa, wie die Eltern liebevoll über ein restliches Stück

Käse sprachen, das jeder dem anderen geben wollte. Am Ende teilten sie es sich.
Lisa erkundete die Umgebung und beobachtete das spannende Leben der Erwachsenen. In der Schwetzinger Straße an der Straßenbahnhaltestelle der HSB war eine Eisdiele, in der es eine Musikbox gab. Nach dem Einwurf von ein oder zwei Groschen (10 oder 20 Pfennig) konnte man seine Lieblingsschlager hören. Nicht selten hat sie dort ihr Taschengeld „verjuxt". Oder nach der Schule heimlich „Mohrenköpfe", wie die Süßigkeit von allen genannt wurde, gekauft, diese in Brötchen gedrückt und so viele gegessen, bis ihr schlecht war.
Nach dem Besuch der Grundschule in Kirchheim ging sie auf das St. Raphael-Gymnasium in Neuenheim. Ihr täglicher Weg zur HSB-Straßenbahn, die über Rohrbach in die Innenstadt fuhr, führte sie von der Schwarzwaldstraße über die Pleikartsförster Straße. Dabei kam Lisa an einem Laden mit einem großen Schaufenster vorbei, dessen Tür im Sommer häufig offen stand. Es war ein Friseursalon für Herren, ansprechend und mit einer besonderen Note eingerichtet. Der Meister strahlte freundliche Noblesse aus. Er war stets tadellos gekleidet, in weißem Hemd mit Fliege, das Gesicht schön und glatt, die Haare im Fassonschnitt nach hinten gekämmt. Seine Stimme war angenehm, seine Ausdrucksweise liebenswürdig und Lisa fielen seine schönen Hände und die feinen Bewegungen auf.
Zuerst schaute sie nur von der Straße aus zu, später kam sie mit dem Friseur ins Gespräch. Es ging um seinen Salon und was er machte, um schöne Menschen, Haare und Mode. Sie schaute ihm bei der Arbeit zu, wie er mit Kamm und Schere umging und mit zwei Flakons mit Pomp-Zerstäubern hantierte, die sie faszinierten: einer war zum Befeuchten der Haare vor dem Schneiden, der andere für den Halt und Duft danach. Geduldig erklärte ihr der Friseur alles, was sie wissen wollte. Seine Eleganz, seine Bil-

dung, seine Sprache und sein Stil machten einen tiefen Eindruck auf das Mädchen. Ein Thema aber zog das Mädchen über alle Maßen an, über das der Friseur wie aus einer unerschöpflichen Quelle berichtete, während sie staunend zuhörte: Paris. Für sie gleichbedeutend mit der „großen Welt“. Die Stadt und die mondänen Männer und Frauen, festgehalten in Bildern, die Lisa aus Zeitschriften ausschnitt, sammelte und in ein Heft klebte.
Für den Friseur war es die persönlich erfahrene, gelebte „große Welt“: Er erzählte ihr vom Eiffelturm und von Montmartre, vom Moulin Rouge und all den anderen Varietés, von der grandiosen Operá mit dem Ballett, von Maria Callas, von Modeschauen und der Seine mit ihren in der Nacht prachtvoll angestrahlten Brücken. Es war eine gänzlich andere Welt als die in Kirchheim. Dazu gehörten für Lisa die bunten Spielmannszüge, die zu bestimmten Anlässen durch die Straßen zogen, die Bäckerei an der Ecke, die Familien-Metzgerei oder die Gurkenfabrik am Ende der Straße, an die Kirchheimer Bauern ihr grünes Gemüse ablieferten, das in Essig eingelegt und als eingemachtes Produkt verkauft wurde.

Die Straßenbahn in der Schwetzinger Straße um 1967.

Eines Morgens, es muss um das Jahr 1965 gewesen sein, lief sie auf dem Weg zur Schule wie jeden Tag an dem Salon vorbei. Aber diesmal war alles anders und eigentümlich still. Das Geschäft war mit einem rot-weißen Band weiträumig abgesperrt, Polizeiautos und ein schwarzer Wagen mit Vorhängen standen davor. Polizisten gingen ein und aus, es wurde leise gesprochen und man bat Vorbeigehende, auf die andere Straßenseite zu wechseln. Es muss etwas passiert sein, ahnte Lisa, und es wurde ihr klamm ums Herz. Am Nachmittag auf dem Rückweg von der Schule war nur noch das rot-weiße Band da. Der Salon blieb ab diesem Tag geschlossen. Der Friseur kam nicht mehr, er war, wie man schnell hörte, einem Verbrechen zum Opfer gefallen. Warum, verstand das Mädchen nicht. Sie war traurig und verwirrt zugleich. Über 50 Jahre sind inzwischen vergangen, aber jedes Mal, wenn sie an dem Haus in der Straße vorbeifährt, schaut sie hinüber und denkt an ihn, seinen Salon und den Duft von Eleganz, mit dem er ihr eine neue Welt eröffnete.

Das Huhn im Collegium Academicum

„Gemeinsam leben und lernen“ wollen junge Menschen im Collegium Academicum (CA) im Süden des Heidelberger Stadtteils Rohrbach. Auf einem ehemaligen Militärgelände der US-Armee zogen im Februar 2023 die ersten Bewohner in einen vierstöckigen originellen Holzneubau ein: Studierende, Auszubildende und Promovierende. Selbstbestimmtes Wohnen gehört zu den Grundgedanken des Projekts, das einen berühmten Vorgänger hat. Schon einmal gab es ein CA in der Universitätsstadt, nicht aus Holz, sondern aus massivem Buntsandstein. Das Carolinum in der Seminarstraße 2, erbaut im 18. Jahrhundert vom damaligen Kurfürsten, war von 1945 bis 1978 Ort einer „studentischen Lebens-, Arbeits- und Selbsterziehungsgemeinschaft", wie es Karl Heinrich Bauer, der Gründer des CA und erste Nachkriegsrektor der Universität, ausdrückte. Es sollte eben mehr als eine einfache Wohngemeinschaft sein.

Kleine Streiche unter den Studenten gehörten dazu. Im Carolinum trafen anfangs Kollegiaten mit traumatisierender Kriegserfahrung auf solche, denen dies erspart geblieben war und die deshalb eher unbekümmert aufwuchsen. Als Ende der 1950er-Jahre für das Kochen eines gemeinschaftlichen Essens Eier fehlten, besann man sich auf den Hausmeister, der auf dem Gelände des CA einen Hühnerstall hatte. Ob Hühner oder Kaninchen, viele Menschen hielten sich damals für den Eigenbedarf Tiere, sogar auf den Balkonen ihrer Wohnungen. Also schlichen sich die Studenten zu dem Stall, verschafften sich unter Inkaufnahme kleinerer sichtbarer Schäden Zugang und klauten die Eier.

Als die Sache rauskam, war der Hausmeister außer sich. Er tobte und brüllte angesichts dieser nichtsnutzigen Studenten, denen er eine gefährliche Drohung zukommen ließ: „Sie sollen sich vorsehen, ich habe im Krieg die Nahkampfspange erhalten." Zum Nahkampf sollte es allerdings nicht kommen. Beim traditionellen Nikolausball am 6. Dezember des gleichen Jahres wurde – stets ein Höhepunkt – das Sündenregister der vergangenen zwölf Monate verlesen. Dem folgte das Verteilen der Rute, außer man war sündenfrei und erhielt ein Geschenk. Putzfrauen – mindestens sechs waren täglich im Haus beschäftigt – wurden ebenso bedacht wie die Sekretärin, der damalige Leiter des CA, Philosoph Dieter Henrich und viele andere mehr. Und schließlich der bestohlene Hausmeister, für den der Nikolaus aus seinem Sack eine schlaftrunkene Legehenne hob. Er

Das Collegium Academicum war einst ein besonderer Ort für studentisches Wohnen in der Altstadt.

habe von einer Beichte gehört, so der Kommentar des heiligen Mannes. Das war die Art, in der solche Vorgänge bereinigt wurden, erinnert sich ein Kollegiat von damals.

Ähnlich regelte man einen Fall, der sich Anfang der 1960er-Jahre zutrug. Ein höheres, etwas distinguiertes Semester hatte sich für eine kleine Examensfeier nicht den üblichen Billigwein von Goedecke, genannt „Hauswein des CA", besorgt, sondern einen teureren erstanden. Den stellte er auf seinem Fenstersims ab und bei Einbruch der Dunkelheit stand die Flasche immer noch

da. Ein Fehler, wie sich herausstellen sollte. Spitzbuben unter seinen Mitbewohnern hatten das mitgekriegt und holten eine lange Flößerstange aus dem Keller. Während vier von ihnen unter dem Fenster eine Wolldecke ausspannten, erwischte der fünfte mit dem Haken die Flasche, die unversehrt in die Wolldecke fiel. Das arme Diebstahlsopfer musste für seine Feier auf den Billig-Tropfen „Fleur du Maroc“ von Goedecke zurückgreifen, den immer einer im Haus hatte.
Die Beute wurde ins Haus gebracht und sogleich ausgetrunken. Aber die Sünder waren nach Genuss des guten Stoffs reuig und sammelten für den armen Examinierten, der das Geld durch die interne Hauspost erhielt. In dem Briefchen, das beilag, standen die Worte „In vino veritas“.

Auf der 12 Wach

Es ist kurz vor halb zwei nachmittags und der 24. Dezember 1972. Der Zivildienstleistende Lutz betritt die Chirurgische Universitätsklinik Heidelberg und fährt mit dem Fahrstuhl hinauf in den zweiten Stock, um auf der Intensivstation „12 Wach“ seinen Dienst anzutreten. Die Stimmung im Schwesternzimmer, wo die Übergabe der Früh- an die Spätschicht stattfindet, ist gelöst. Schließlich geht es auf Weihnachten zu, und ein Teil der Ärzte, Schwestern und Pfleger verabschiedet sich direkt in die Feiertage. Für sie gibt es Sekt, die anderen, die Dienst haben, begnügen sich mit Orangensaft und Mineralwasser.
Ein kleiner, beleuchteter Tannenbaum auf dem großen Tisch in der Mitte des Raumes und zwei Adventskränze mit jeweils vier brennenden Kerzen auf der Fensterbank sorgen für eine weih-

nachtliche Atmosphäre. Nach und nach leert sich das Schwesternzimmer, die Gehenden wünschen den Zurückbleibenden ein frohes Fest und einen ruhigen Dienst. Vom Fenster aus sieht Lutz, wie das Personal die Klinik verlässt und nur noch wenige Autos auf dem Parkplatz stehen. Im Haus tritt eine ungewohnte Ruhe ein. Er öffnet kurz das Fenster, die Luft riecht nach Schnee.

Der Nachmittag vergeht mit Routinearbeiten. Um vier trifft man sich zur Kaffeepause im Schwesternzimmer. Inzwischen hat es tatsächlich zu schneien begonnen und die Straße, die Bäume im Park und die Dächer der umliegenden Häuser erhalten einen weißen Überzug. Um halb fünf setzt sich Lutz an das Bett von Frau Müller, einer 84-jährigen Patientin, die vor einer Woche nach einer schweren Krebsoperation auf die Intensivstation verlegt worden ist. Sie stammte aus einem Dorf im Odenwaldkreis und war nach dem Tod ihrer Tochter zehn Jahre zuvor und dem ihres Mannes vor zwei Jahren allein zurückgeblieben. Weitere Verwandte gab es nicht.

Die alte Dame hatte trotz ihrer Erkrankung nie ihren Humor verloren und mit dem Pflegepersonal in vielen lustigen, aber auch ernsten Gesprächen ein herzliches, fast familiäres Verhältnis entwickelt. Allerdings hatte sich ihr Zustand vor zwei Tagen dramatisch verschlechtert. Sie musste an ein Beatmungsgerät angeschlossen werden und war zuletzt nicht mehr ansprechbar. Im Ernstfall, so lautete die Anweisung, sollten keine Wiederbelebungsversuche vorgenommen werden. Ihrem eigenen Wunsch entsprechend sollte sie in Ruhe und Frieden einschlafen.

In dem dunklen Zimmer, in dem nur die Notbeleuchtung brennt, gibt der EKG-Monitor, der den Herzschlag der Patientin anzeigt, einen regelmäßigen Piepton ab, zugleich hört man das dumpfe,

Die alte Chirurgische Klinik im Neuenheimer Feld.

rhythmische Rauschen des Beatmungsgeräts, das Luft in ihre Lungen pumpt. Obwohl oder gerade weil vor ihm eine sterbenskranke Frau liegt, spürt Lutz ein besonderes Gefühl an diesem Heiligen Abend.

Plötzlich geht der regelmäßige Piepton des EKG-Monitors in einen dauerhaften Pfeifton über. Anstelle der rhythmisch auftretenden Zacken ist auf dem Bildschirm eine durchlaufende Nulllinie zu sehen. Asystolie – Herzstillstand. Im gleichen Moment, es ist fünf Uhr nachmittags, erklingen draußen die Glocken einer nahe gelegenen Kirche, die das Weihnachtsfest einläuten und den Pfeifton des Monitors fast übertönen.

Der Stationsarzt und mehrere Schwestern hatten inzwischen das Zimmer betreten, jemand hatte das Licht angemacht. Als alle auf Frau Müller blickten, schien es, als würde sie lächeln. Ihr Wunsch, friedlich einzuschlafen, hatte sich auf eine wundersame Weise erfüllt. Der Stationsarzt schaltet den Monitor und das Beatmungsgerät ab. Niemand von den Anwesenden sagt ein Wort und in der Stille sind lediglich die Weihnachtsglocken zu hören. Für Lutz ein intensiver Moment, der ihn den Sinn von Weihnachten begreifen lässt.

Um halb acht trifft die Nachtschicht ein, im Schwesternzimmer findet eine kleine Weihnachtsfeier statt. Alle sind traurig über das Ableben von Frau Müller. Obwohl Lutz eigentlich längst Dienstschluss hat, beschließen er und seine Lieblingsschwester „Macke“ – ein echtes Kölner Original mit rheinischem Humor –, die verstorbene Patientin mit dem Fahrstuhl in einen Raum im Kellerkomplex der Klinik zu bringen, in dem akut Verstorbene vorübergehend aufgebahrt werden. Eigentlich bleiben verstorbene Patienten so lange auf Station, bis alle nahen Verwandten von ihnen Abschied genommen haben. Frau Müller hatte aber keine Angehörigen mehr, und da auf 12 Wach dringend ein leeres Bett gebraucht wurde, entschied man sich, sie in den Aufbahrungsraum im Keller zu bringen.
Es ist ein mittelgroßer, fensterloser Raum hinter einer eisernen Tür, in den die beiden das Bett um halb neun rollen. Sie heben Frau Müller mit ihrem Bettlaken an und legen sie in eine der Zinkwannen, die auf dem Boden stehen. Lutz empfindet die Atmosphäre als bizarr, gespenstisch, aber unendlich friedlich. In die absolute Stille mischt sich plötzlich von fern Gesang und Musik, irgendwo aus einem der über den Kellerräumen liegenden Stockwerke. Der Klang wird lauter, und Lutz und „Macke“ erkennen jetzt, worum es sich handelt: Es ist das Lied „Stille Nacht“. Leise sagt Macke zu Lutz: „Das gibt’s doch gar nicht“, und dieser entgegnet nur: „Frohe Weihnachten.“ Erst später erfahren sie, dass Patienten und Pflegepersonal einer chirurgischen Allgemeinstation in einem der Stockwerke über ihnen das Lied gesungen haben.
Für Lutz ist es das besinnlichste und ergreifendste Weihnachtsfest, das er bisher erlebt hat. Als er eine Stunde später gegen zehn Uhr die Klinik verlässt, zeigt das Außenthermometer vor dem Eingang der chirurgischen Notfallambulanz minus zehn

Grad. Es hat aufgehört zu schneien. Er schaut hinauf zu dem sternenklaren Himmel und muss an Frau Müller denken. Aus der Ferne nähern sich flackernde Blaulichter. Für die Nachtschicht auf Station 12 Wach gibt es wohl Arbeit.
In dieser Nacht beschließt er, Medizin zu studieren. Nach Abschluss seines Zivildienstes zieht er gemeinsam mit drei anderen Studierenden in eine WG im Multikulti-Stadtteil Emmertsgrund und beginnt sein Studium an der Universität Heidelberg. Zuletzt hat er an einer großen saarländischen Klinik als Funktionsoberarzt gearbeitet.

Tage im Frauenbad

Es ist, als würde man beim Besuch dieses Ortes heilige Hallen betreten. Das Alte Hallenbad in der Bergheimer Straße, nur eine Haltestelle vom Bismarckplatz entfernt, glänzte in der Schönheit und Eleganz des Jugendstils. Als Fanny zum ersten Mal in der großen Schwimmhalle stand, war sie fast geblendet von dem Anblick und schob den Einstieg ins Wasserbecken erst mal hinaus. Bereits die Umkleidekabinen, die sich hinter beige-weiß gestrichenen Holztüren mit schlichtem, aber hübschem Reliefdekor verbargen, hatten es ihr angetan. Die Einrichtung war gut durchdacht, jedes Objekt stilvoll und praktisch platziert.
Zum Verschließen der Kabinentür wurde einfach das auf der gegenüberliegenden Wandseite mit Scharnieren angebrachte Sitzbrett heruntergeklappt – eine pfiffige Methode. Die im Holzrahmen am Rand geschliffenen Spiegel der Kabine waren hochkant und achteckig, sodass alle Badegäste sich je nach Größe gut darin sehen konnten. Ein Blick hinein, dachte Fanny, und

man fühlt sich wie ein Porträt im Bilderrahmen. Die geschwungenen Kleiderhaken an der Wand waren aus Bronze und blitzblank poliert. Und erst der schön gestaltete Bodenbelag! Alles war so gut erhalten und picobello sauber! Gleich nachdem ein Besucher die Kabine verlassen hatte, kam eine Putzkraft und wischte den Boden. So viel Hingabe zur Pflege und Hygiene wie im Alten Hallenbad in Heidelberg hatte Fanny in keinem Schwimmbad zuvor oder danach erlebt.

Das alte Hallenbad war ein Jugendstil-Juwel in der Bergheimer Straße und wurde 1981 geschlossen.

Am Kopfende des großen Beckens befand sich ein großer steinerner Löwenkopf, auf beiden Seiten flankiert von jeweils zwei kleinen. Aus den Mäulern ragten Bronzerohre, die ebenfalls blank poliert waren und manchmal Wasser spien. Man konnte sich darunterstellen und Nacken und Rücken wunderbar massieren lassen. Über der zweiten Etage war ein überwältigend schönes Mosaik zu sehen, aufgebaut wie ein Pfauenrad, mittig ein kleiner Wandbrunnen. Licht und Belüftung des Bades waren klug ersonnen und für heutige Architektur beispielhaft energiesparend durchdacht: Fenster rundherum und bis obenhin, sodass bis zum letzten Tageslicht wenig elektrisches Licht angeschaltet werden musste. Das Belüftungssystem konnte durch die Bademeister fein abgestimmt werden. Sie brauchten nur gegenüberliegende Fenster an verschiedenen Höhen zu öffnen oder zu kippen, um Feuchtigkeit oder zu große Wärme abziehen zu lassen, indem sie an den angebrachten Ketten zogen. Klimaanlage zum Nulltarif!
In der Nähe der Einstiegsleiter entdeckte Fanny eine blaue Aufschrift auf einer Kachel darüber, von welch kostbarem Material man umgeben war: „MEISSNER PORZELLAN“. Sie konnte es gar nicht glauben, dass sie und die anderen Badegäste inmitten von Tausenden Kacheln aus echtem Meißner Porzellan schwammen – unvorstellbar! Nie hätte sie gedacht, dass einige Jahre später, nach Schließung des Hallenbads, all diese Kacheln herausgebrochen werden würden ...
Ein Bademeister – ihn hatte sie besonders ins Herz geschlossen, da er nie müde wurde, ihr alle Fragen zum Hallenbad zu beantworten, die sie interessierten – fragte sie eines Tages in geheimnisvollem Ton, ob sie mal im Keller gewesen sei. Das war Fanny nicht, also holte sie es gleich nach. Auf dem Weg nach unten wurde es wärmer und feuchter, bis sie schließlich

in einen Raum mit so starkem Dampf gelangte, dass er fast wie vernebelt wirkte. Sie nahm ovale klobige Formen wahr, einige davon mit ovalen Bällen obendrauf. Beim Nähertreten fuhr ihr kurz der Schreck in die Glieder. Das waren ja menschliche Köpfe, die sie aus Holzkästen anglotzten, hochrot und schwitzend, mit einem Handtuch um den Hals!

Zum ersten Mal in ihrem Leben sah sie Schwitzkästen, in die sich die Menschen setzten und sich wie in einem Hammam, dem türkischen Bad, oder einer Sauna ausschwitzten. Im Keller befanden sich außerdem sehr alte Wannenbäder, die sie an eine Zeit erinnerten, als viele Menschen kein Bad in ihrer Wohnung hatten. Durch die Nutzung der „öffentlichen Bäder" kamen sie in den Genuss gesunderhaltender Maßnahmen, wie sie der Hygieniker Max von Pettenkofer in der zweiten Hälfte des 19. Jahrhunderts in Deutschland stark propagiert und umgesetzt hatte. Es gab auch Duschen, die allerdings aus einer neueren Epoche stammten. Und überall diese wunderbaren Fliesen.

Ein ganz besonderes Erlebnis waren für Fanny die Besuche im Frauenbad, das nur an bestimmten Tagen geöffnet war und den Frauen Intimität und Blickschutz bot. Es war kleiner, doch ebenso wie das große Bad im östlichen Flügel ein wirkliches Juwel. Auf dem breiteren Rand rund um das Becken konnten die Frauen, viele von ihnen Nichtschwimmerinnen, einfach sitzen und plaudern. Sich ohne Scham mit ihren von Gebrechen oder Amputationen gezeichneten Körpern zeigen zu können, die zum Teil vom Krieg herrührten, war für sie wichtig und an diesem Ort möglich. Fanny liebte diese Tage im Frauenbad, an denen sie mit Frauen jeden Alters zusammensaß und von deren mitunter herzzerreißenden Erzählungen und Berichten hörte.

Sie verstanden es aber auch, selbst schreckliche Kriegserlebnisse und -verluste so witzig darzustellen, dass alle Tränen

lachen mussten. Herrlich fand Fanny die alte Bademode vieler Frauen: Badekleider, die meist ab der Taille oder Hüfte zusätzlich mit einem großen Volant oder sogar mit einem Röckchen in gleichem Stoffmuster ausgestattet waren und hinten mit einem Reißverschluss und einem Häkchen verschlossen werden mussten, damit nicht im Wasser plötzlich ein „Malheur" passierte und frau nackig dastand! Beim Stehen im Becken oder Sitzen am Rand schwebten diese Röckchen nach oben. Fanny kam es dann immer so vor, als ob sie von bunten Seerosenfrauen umgeben wäre.
Natürlich wollte sie auch so ein Badekleid besitzen und suchte lange, bis sie endlich eins fand. Aber im Alten Hallenbad konnte sie es nicht mehr tragen. Das 1906 vom Heidelberger Architekten Franz Sales Kuhn erbaute Jugendstil-Juwel entfaltete seinen außergewöhnlichen Charme für Jung und Alt nur noch bis 1981. Im gleichen Jahr ließ Oberbürgermeister Reinhold Zundel das Bad aus „Sicherheitsgründen" schließen. Es sollte nie wieder seine Tore für das Schwimmvergnügen öffnen, auch wenn sich in der Bürgerschaft Protest regte. Das ausgefallene Kleid hat Fanny aber trotzdem getragen, sogar als Straßenkleid im Sommer.

Weitere Bücher über Ihre Stadt

Aufgewachsen in Heidelberg
in den 50er und 60er Jahren
Arndt Krödel
64 Seiten, zahlr. Farb- und
S/W-Fotos
ISBN 978-3-8313-2869-7

Dunkle Geschichten aus Heidelberg
SCHÖN & SCHAURIG
Susanne Kahlig
80 Seiten, zahlr. S/W-Fotos
ISBN 978-3-8313-3232-8

Heidelberg –
Farbbildband
deutsch/englisch/französisch
Torsten Krüger, Marcus Imbsweiler
72 Seiten, Farbfotos
ISBN 978-3-8313-3278-6

Heidelberg –
Bilder, die Geschichten erzählen
Historischer Bildband
Susanne Fiek
72 Seiten, zahlr. S/W-Fotos
ISBN 978-3-8313-2259-6

Wartberg-Verlag GmbH
Im Wiesental 1 34281 Gudensberg
www.wartberg-verlag.de
Bücher für Deutschlands Städte und Regionen
Tel. 0 56 03 - 93 05 0
Fax. 0 56 03 - 93 05 28